ELDEN RING

DISTANT TALES BETWEEN

Haruichi

Œuvre originale :
ELDEN RING
(FromSoftware, Inc.)

1

VEGA

SE TISSENT AUTANT D'HISTOIRES QUI AURAIENT PU AVOIR LIEU.
ELDEN RI
Distant Tales Between
Dessin : Haruichi

AUTREFOIS, CE ROYAUME...
ÉTAIT BÉNI PAR LA GRÂCE DU RESPLENDISSANT ARBRE-MONDE.
MAIS DEPUIS L'ÉCLATEMENT DU CERCLE D'ELDEN...
IL EST À LA FOIS UNE RÉGION VERDOYANTE ET FERTILE OÙ DÉAMBULENT LES BÊTES SAUVAGES...
ET UNE TERRE RONGÉE PAR LE MALHEUR ET LES MALÉDICTIONS.
TOUTEFOIS...
AUJOURD'HUI ENCORE, CE MONDE BRISÉ...
ATTEND L'AVÈNEMENT DU PROCHAIN SEIGNEUR D'ELDEN.

CAR À TRAVERS LA BRUME...
DANS D'INNOMBRABLES UNIVERS DISSIMULÉS À NOTRE REGARD JUSQU'À PRÉSENT...
SI PAR CHANCE LA PLUS INFIME COMPASSION PEUT ÊTRE TROUVÉE...
À DEUX PAS DE CE MONDE ABANDONNÉ PAR LA GRÂCE...
PEUT-ÊTRE SERAIT-CE LÀ UNE AUTRE FORME DE BÉNÉDICTION.
CE RÉCIT EST CELUI DE TOUS LES POSSIBLES.
NG 1
Œuvre originale : ELDEN RING
(FromSoftware, Inc.)

PAR-DELÀ LA TEMPÊTE BATTANT DE SES VENTS UNE CAPE D'UN POURPRE ÉCLATANT...
NOUS VOICI MAINTENANT DANS UN LIEU MYSTIQUE...
« JE CROIS QUE JE VAIS ME RENDRE AU BASTION DE LA TABLE RONDE. »
« PEUT-ÊTRE Y TROUVERAI-JE...
UN SENS À MON EXIS-TENCE. »
— Chapitre 1 —
Le Monde de Roderika
La Rhapsodie de la Table ronde
TIENS DONC !
ÇA POUR UNE SURPRISE !

VOUS ÊTES UNE NOUVELLE RECRUE, N'EST-CE PAS ? JE M'APPELLE CORHYN.
BIENVENUE AU BASTION DE LA TABLE RONDE !
FRÈRE CORHYN
JE SUIS UN ECCLÉSIASTIQUE CHERCHANT À PERCER LES MYSTÈRES DE L'ORDRE D'OR.
PAR AILLEURS, J'ENSEIGNE ÉGALEMENT DES INCANTATIONS. QU'EN DITES-VOUS ?
SERIEZ-VOUS INTÉRESSÉE PAR LES INCANTATIONS DES DEUX DOIGTS ?
CE SAVOIR EST TRÈS UTILE, ET J'AI GRAND PLAISIR À LE TRANSMETTRE AUX NOUVEAUX VENUS.
MAIS D'ABORD, SI CELA NE VOUS DÉRANGE PAS, J'AIMERAIS ENTENDRE VOTRE OPINION SUR LA RESTAURATION DE L'ORDRE D'OR.
À CE PROPOS, LA VOYEZ-VOUS TOUJOURS ?
LA GRÂCE CENSÉE NOUS GUIDER ?
...
RODERIKA, DAMOISELLE AFFLIGÉE
EH BIEN ...
VRAIMENT ?! VOUS LA VOYEZ ?!
QUELLE EXCELLENTE NOUVELLE !

VOUS AVEZ BIEN DE LA CHANCE ! VOILÀ QUI EST PARFAIT POUR APPRENDRE DES INCANTATIONS !
STAC
FWIP
Tenez !
POURSUIVONS CETTE DISCUSSION ASSIS !
C'est... que...
JE NE COMPRENDS POUR AINSI DIRE RIEN À CES CHOSES-LÀ...
N'AYEZ CRAINTE ! NOUS COMMENCERONS PAR QUELQUE CHOSE DE SIMPLE !
TOUT D'ABORD, LAISSEZ-MOI VOUS DIRE À QUEL POINT MA VIE S'EST AMÉLIORÉE GRÂCE AUX BIENFAITS DES DEUX DOIGTS...
AH, J'OUBLIAIS ! ACCEPTEZ CECI, EN GAGE D'AMITIÉ !
OBTENIR UNE AUDIENCE AUPRÈS DES DEUX DOIGTS N'EST PAS CHOSE AISÉE. VOUS POURREZ DONC VOUS SERVIR DE CES OBJETS AFIN DE LES VÉNÉRER.
...
COMME VOUS LE SAVEZ SANS DOUTE DÉJÀ...
LE MASQUE D'OR, NOTRE GRAND MAÎTRE, AVAIT PRÉDIT LA VENUE DE LA GRÂCE !
VOYEZ-VOUS...
HMM...
AUPARAVANT, MES RECHERCHES QUOTIDIENNES PEINAIENT À AVANCER...
ET C'EST ALORS QUE LES DEUX DOIGTS...
...!
ROGIER LE SORCIER
UNE FOIS N'EST PAS COUTUME, LE BASTION EST FORT ANIMÉ.

VOILÀ QUI EST RARE…
FIA, LA COMPAGNE MORTUAIRE
D'ORDINAIRE, IL N'Y A GUÈRE QU'À L'ARRIVÉE D'UN NOUVEAU VENU QUE FRÈRE CORHYN SE MONTRE AUSSI VOLUBILE…
GRAP
UN INSTANT !
BADAM
NE NOUS PRÉCIPITONS PAS ! RÉFLÉCHISSONS À L'ATTITUDE À ADOPTER SI JAMAIS IL S'AGIT D'UNE PERSONNE PEU AMÈNE !
Mieux vaut ne pas nourrir de trop grands espoirs !
ALLONS, ROGIER, CALMEZ-VOUS.
POURQUOI TANT DE PRUDENCE ? VOUS AVEZ POURTANT UN DON POUR BIEN VOUS ENTENDRE AVEC QUI QUE CE SOIT, N'EST-CE PAS ?
J'vais crever tous les demi-dieux !
CERTES, MAIS LES INDIVIDUS QUI VIENNENT AU BASTION SONT DES SANS-ÉCLAT.
NOUS AURONS DONC SANS DOUTE AFFAIRE À UN ORIGINAL, SI CE N'EST UN TORDU !
POUR MA PART, J'ESPÈRE QUE SA PEAU NE SERA PAS TROP RUGUEUSE.

J'ÉTAIS BIEN LOIN DE ME DOUTER...
QUE LES INCANTATIONS DES DEUX DOIGTS ÉTAIENT SI FORMIDABLES !
ぺ
FWIP
?

C'EST UNE JEUNE FEMME…
BIEN SOUS TOUS RAPPORTS !
POUR UNE FOIS, JE LOUE LE BON GOÛT DONT LES DEUX DOIGTS ONT FAIT PREUVE !
Enfin une personne qui parle normalement !
JE PENSAIS QU'UN TEL LUXE ME SERAIT À JAMAIS REFUSÉ EN CES LIEUX !
J'AVAIS CESSÉ D'ESPÉRER LA VENUE D'UNE AMIE À MÊME DE COMPRENDRE MES PROBLÈMES DE PEAU !
OOOH
ET MOI DONC…
ELLE ÉCOUTE MÊME FRÈRE CORHYN AVEC RESPECT ALORS QU'IL CHERCHE À LUI VENDRE SES INCANTATIONS DE FORCE SANS MÊME SE SOUCIER DE SES APTITUDES…
UN CŒUR SI PUR QU'IL POURRAIT PURIFIER LA RIVIÈRE DES EAUX NOIRES !
C'EST PEUT-ÊTRE LE GENRE DE RECRUE QUE NOUS NE VERRONS QU'UNE FOIS DANS NOTRE VIE !
…
MAIS IL Y A UN PROBLÈME…
IMAGINEZ QUE SIRE GIDEON, SÉVÈRE COMME IL L'EST, SE MONTRE FROID ENVERS ELLE, CAR ELLE NE POSSÈDE PAS DE RUNE MAJEURE…
ELLE POURRAIT PRENDRE PEUR ET FUIR LE BASTION.
ET SI JAMAIS ENSHA L'IGNORE APRÈS QU'ELLE LUI AURA ADRESSÉ LA PAROLE AVEC BIENVEILLANCE ?
ELLE RISQUERAIT D'ÊTRE ABATTUE ET DE NOUS QUITTER.

Puis-je devenir votre disciple ?!
Ce lieu est magnifique, sire Rogier !
Accepteriez-vous de devenir ma sœur aînée ?!
Vous êtes toujours aussi ravissante, dame Fia !
EN VERTU DE NOTRE ANCIENNETÉ, TÂCHONS D'ÊTRE DE BONS MENTORS ET DE LA SOUTENIR...
VOUS ET MOI !
OUI, IL FAUT À TOUT PRIX QU'ELLE RESTE PARMI NOUS.
LES RÉSIDENTS ACTUELS DU BASTION Y FONT RÉGNER UNE AMBIANCE BIEN TROP LUGUBRE.
NOUS RÉUSSIRONS, QUOI QU'IL EN COÛTE !
BIEN ÉVIDEMMENT.
CLANG
CLANG
oh !
DITES-MOI...
MESSIRES ...

AURIEZ-VOUS APERÇU LANYA ?
DIALLOS LE CHEVALIER
ALLEZ SAVOIR POURQUOI, ELLE S'EST ENCORE VOLATILISÉE.
MA FOI...
VOUS TOMBEZ À PIC !
DONC...
EN FAIT...
PARDONNEZ-MOI, MAIS TOUT CELA EST FORT COMPLEXE, ET JE NE SUIS PAS SÛRE DE BIEN COMPRENDRE...
SELON VOUS, SI J'ÉTUDIE LES INCANTATIONS DES DEUX DOIGTS...
JE N'AURAI BESOIN DE RIEN D'AUTRE, C'EST BIEN ÇA ?
HUF
HUF
EXACTEMENT ! NE TROUVEZ-VOUS PAS LES ARMES TERRIBLEMENT LOURDES ?!
ELLES SONT VOLUMINEUSES, ENTRAVENT LES MOUVEMENTS, DEMANDENT BEAUCOUP D'ENTRETIEN, FONT MAL AU DOS ET CAUSENT DES RAIDEURS AUX ÉPAULES !
ALORS QUE POUR MANIER LES INCANTATIONS, VOUS N'AUREZ BESOIN DE RIEN D'AUTRE QUE DE VOTRE FOI !
POF
VOUS POURREZ VOUS FACILITER LA TÂCHE EN COMBATTANT À DISTANCE, ET MÊME VOUS SOIGNER SANS AVOIR À TRANSPORTER DE FIOLES...

TES MARCHANDISES SONT CERTES EFFICACES, MAIS TU DEVRAIS D'ABORD APPRENDRE À GARDER UNE SAINE DISTANCE AVEC TES CLIENTS.
ARRÊTE UN PEU, CORHYN.
GWUP
AAAH !
ELLES SONT SI PRATIQUES !
IL N'EXISTE AUCUNE ASTUCE MIRACLE POUR DEVENIR FORT SANS PEINE !
SURTOUT PAS DANS L'ENTRE-TERRE !
Il ne faut pas effrayer les gens ainsi.
Qu'ai-je fait de mal ?!
Ah !
C'est vrai ça !
REPRENEZ VOS ESPRITS, JEUNE DEMOISELLE. SI ON POUVAIT S'EN SORTIR JUSTE AVEC DES INCANTATIONS, TOUT LE MONDE SERAIT ECCLÉSIASTIQUE.
DE PLUS, POUR EN APPRENDRE UN GRAND NOMBRE, VOUS DEVREZ DÉPENSER UNE SACRÉE QUANTITÉ DE RUNES.
JE VOUS DEMANDE PARDON POUR L'IMPOLITESSE DE MON HOMOLOGUE.
JE SERAI ÉGALEMENT VOTRE MENTOR. VOUS POUVEZ M'APPELER « ROGIER ».
SIRE ROGIER ...
CORHYN N'A PAS DE MAUVAISES INTENTIONS. SEULEMENT, IL SE MONTRE PARFOIS UN PEU IMPULSIF À CAUSE DE SON AMOUR IMMODÉRÉ POUR L'ORDRE D'OR.
Par-don...
Non mais !
Au coin !
C'EST À SE DEMANDER COMMENT UN HOMME SI INSTABLE A PU ENTRER DANS LES ORDRES.
Mais non...
Je...
J'AI BIEN FAILLI ME LAISSER DUPER...

MERCI INFINIMENT POUR VOTRE PRÉVENANCE !
JE ME NOMME RODERIKA.
BON SANG ! COMMENT PEUT-ELLE ÊTRE AUSSI AIMA...
HAAAAAA...
D, TRAQUEUR DES NON-MORTS
CESSEZ DE SOUILLER CE NOBLE BASTION AVEC VOS BABILLAGES INEPTES.
CELA M'IRRITE AU PLUS HAUT POINT.
AH ...
JE VOUS DE-MANDE PAR...
TOI, ALORS !
TOUJOURS AUSSI FROID, À CE QUE JE VOIS !
TU AURAIS PU INTERROMPRE CORHYN, TOUT DE MÊME !
JE N'AI NULLE OBLIGATION DE VENIR EN AIDE À QUELQU'UN D'ASSEZ NAÏF POUR SE LAISSER BERNER PAR SES BELLES PAROLES.

N'OUBLIEZ PAS QUE LE BASTION DE LA TABLE RONDE EST LE LIEU OÙ SE RASSEMBLENT LES PRÉTENDANTS AU TITRE DE SEIGNEUR D'ELDEN.
JE PEINE À CROIRE QU'UNE PERSONNE TELLE QUE VOUS SOIT RÉELLEMENT GUIDÉE PAR LA GRÂCE...
MAIS QUOI QU'IL EN SOIT, TÂCHEZ DE NE PAS PÉRIR EN VAIN EN POURSUIVANT UNE AMBITION QUI VOUS DÉPASSE.
VEUILLEZ M'EXCUSER...
JE ME FERAI PLUS DISCRÈTE...
À L'AVENIR...
GNH...
Je...
JE VAIS ALLER VISITER LES AUTRES PIÈCES.
APRÈS TOUT, JE VIENS JUSTE D'ARRIVER.
...
PERMETTEZ-MOI DE ME RETIRER...
...
TAP
DÉCIDÉMENT, TU MANQUES DE TOLÉRANCE.
C'EST TON PLUS GRAND DÉFAUT...
DEPUIS TOUJOURS.
...

SI TU SOUHAITES SYMPATHISER AVEC ELLE, NE FERAIS-TU PAS MIEUX DE LUI VENIR EN AIDE ?
NE ROMPEZ PAS L'ACCORD DE PAIX QUE NOUS AVONS PASSÉ POUR LES BEAUX YEUX D'UNE NOUVELLE VENUE !
JE N'AI PAS DE LEÇON À RECEVOIR D'UN PAUVRE HÈRE INCAPABLE DE TENIR SUR SES PROPRES JAMBES.
MAIS BON, JE T'AP-PRÉCIE QUAND MÊME !
TA COM-PASSION ME TOUCHE !
TSK
A
A ZIOUM
MAL-HEUR !
CETTE DÉNOM-MÉE RO-DERIKA …
EST PARTIE EN DIREC-TION DU BUREAU DE L'OMNI-SCIENT.
HAAAAA
SIRE GIDEON OFNIR L'OMNISCIENT
PRÉLASSEZ-VOUS SI CELA VOUS CHANTE, MAIS SACHEZ QUE NOUS NE TOLÉRONS PAS LES POIDS MORTS. VEILLEZ À NE PAS L'OU-BLIER.
SI VOUS CROYEZ QUE CE LIEU EST UN REFUGE POUR LES FAIBLES, VOUS COMMETTEZ UNE GRAVE ERREUR.
SI SIRE GIDEON APPREND QUE JE COMPTE CHERCHER LES RUNES MA-JEURES UNE FOIS LANYA RETROUVÉE, JE SERAI DANS DE BEAUX DRAPS, MOI AUSSI !
Sur ce…
BON COU-RAGE.
AAAAAAH
Il est terrifiant…
…
ENSHA, PORTEUR DE LA DÉPOUILLE ROYALE

J'AURAIS DÛ M'Y ATTENDRE…
UNE INCAPABLE COMME MOI…
N'ALLAIT ÉVIDEMMENT PAS ÊTRE ACCUEILLIE À BRAS OUVERTS…
JE NE SUIS QU'UNE GÊNE POUR VOUS TOUS…
MÊME L'OMNI-SCIENT ?
Puis-je partir à la recherche de Lanya à présent ?
LES PORTEURS NE PARLENT PAS !
JE NE PEUX PAS VOUS LAISSER DIRE UNE CHOSE PAREILLE !
SACHEZ QUE JE RÉPRIMAN-DERAI TOUS LES RUSTRES QUI VOUS MANQUERONT DE RESPECT, MA DAME !
ALLONS, NE VOUS METTEZ PAS DANS TOUS VOS ÉTATS.
NOUS N'AVONS PAS EU DE VISITEUR DEPUIS SI LONGTEMPS QUE NOUS EN AVONS PERDU TOUTE RETENUE, VOILÀ TOUT.
MALGRÉ LES DIRES DE SIRE GIDEON, LES MEMBRES DE LA TABLE RONDE AGISSENT PLUS OU MOINS À LEUR GUISE…
CE LIEU N'EST CERTES PAS PARFAIT, MAIS SI VOUS AVEZ BESOIN DE PARLER À QUELQU'UN, JE SUIS À VOTRE SERVICE.
…

VOUS NE ME CONNAISSEZ POURTANT QUE DEPUIS PEU…
POURQUOI ÊTES-VOUS SI BON ENVERS MOI, SIRE ROGIER ?
PLUS ON A D'AMIS, PLUS ON S'AMUSE, N'EST-CE PAS ?
HA はは HA
D'AUTANT QUE…
L'ENTRE-TERRE…
EST UNE BIEN TRISTE CONTRÉE.
MAIS …
SI JE ME FAISAIS DE NOUVEAUX COMPAGNONS ET QUE JE VENAIS À LES PERDRE, EUX AUSSI…
POURRAIS-JE SEULEMENT… ENDURER LA SOLITUDE UNE FOIS DE PLUS ?
…
EH BIEN …

CE MONDE EST CERTES DÉPOURVU DE SEIGNEUR, MAIS IL ATTEND AUSSI L'AVÈNEMENT D'UN NOUVEAU.
L'ENTRE-TERRE EST BIEN TROP VASTE POUR PERDRE TOUT ESPOIR.
JE N'AI PAS LA RÉPONSE À CETTE QUESTION, MAIS À TOUT LE MOINS…
JE SUIS PERSUADÉ QUE NOS COMPAGNONS PEUVENT NOUS APPORTER LA SÉRÉNITÉ ET LE SALUT.
…
OUI, PEUT-ÊTRE BIEN …
ET SACHEZ QUE VOUS N'AVEZ NULLE OBLIGATION D'ÉTUDIER LES INCANTATIONS DE CORHYN !
PAS PLUS QUE LES SORCELLERIES QUE JE POURRAIS VOUS ENSEIGNER !
JE VAIS ME RÉCHAUFFER AUPRÈS DU FEU.
MA ROBE SEMBLE ENCORE HUMIDE.

MA FOI, VOTRE RÉPUTATION D'HOMME AFFABLE N'EST PAS USURPÉE.
HÉ HÉ !
IL SE POURRAIT QUE JE N'AIE PAS BESOIN DE VOTRE AIDE POUR ESCORTER NOTRE INVITÉE, EN FIN DE COMPTE !
PARDON ?
JE N'AI PAS ENCORE SORTI LE GRAND JEU, VOUS SAVEZ.
TIENS DONC…
PEN-SEZ-VOUS …
POUVOIR ME SUR-PASSER EN LA MATIÈRE ?
BROOOM
HU HU HU HU HU
DÉCIDÉMENT, VOUS AVEZ BIEN TROP DE TEMPS LIBRE.
ENFIN, IL EST VRAI QUE NOUS HABITONS ICI DEPUIS FORT LONGTEMPS.
MAIS VOYONS, QUE DITES-VOUS LÀ ?!
TOUT MENTOR RÊVERAIT DE RECEVOIR UN REGARD PUR ET INNOCENT DE LA PART DE SA CHARMANTE CADETTE !
PARLEZ POUR VOUS. MOI, JE N'AI JAMAIS CONSIDÉRÉ LANYA D'UNE TELLE FAÇON.
JUSTEMENT, PEUT-ÊTRE QU'ELLE PASSE SON TEMPS À FUIR CAR SON MAÎTRE NE FAIT AUCUN EFFORT POUR L'ÉBLOUIR.
OUI, VOUS NE SURPAS-SEREZ PAS VOTRE FRÈRE AÎNÉ AINSI !
ELLE VOUS MET À L'ÉPREUVE !
VOUS OSEZ ME BAFOUER ?! SACHEZ QUE L'HISTOIRE DE LA MAISON HOSLOW S'ÉCRIT DANS LE SANG !

CRIC
CRAC
サッ
FRASH
FRISH
サッ
キュ
ZWIC
キュ
ZWIC
PUIS-JE SAVOIR…
CE QUE VOUS ÊTES EN TRAIN DE FAIRE ?
NAVRÉE DE VOUS DÉRANGER…
JE FAISAIS UN PEU DE MÉNAGE.
QUAND J'AURAI FINI ICI, J'IRAI NETTOYER LES AUTRES PIÈCES ET METTRE EN ORDRE LA RÉSERVE…
UN INSTANT, JE VOUS PRIE !
POURQUOI VOUS ABAISSER À JOUER LES SER-VANTES ?
EN AVEZ-VOUS REÇU L'ORDRE ?
OH NON… PAS LE MOINS DU MONDE !

...
VOUS AURAIS-JE IMPORTUNÉE ?
...
JE VOULAIS JUSTE DÉPOUSSIÉRER UN PEU CE LIEU DE REPOS...
JE ME DISAIS QUE CE SERAIT PLUS AGRÉABLE POUR VOUS AUSSI.
Uuuh ... Gah !
COMMENT PEUT-ELLE ÊTRE AUSSI ADORABLE ?!
SHLIIING
SUIVEZ-MOI.
CLING
CLING
DAME FIA...
?
MAIS ...

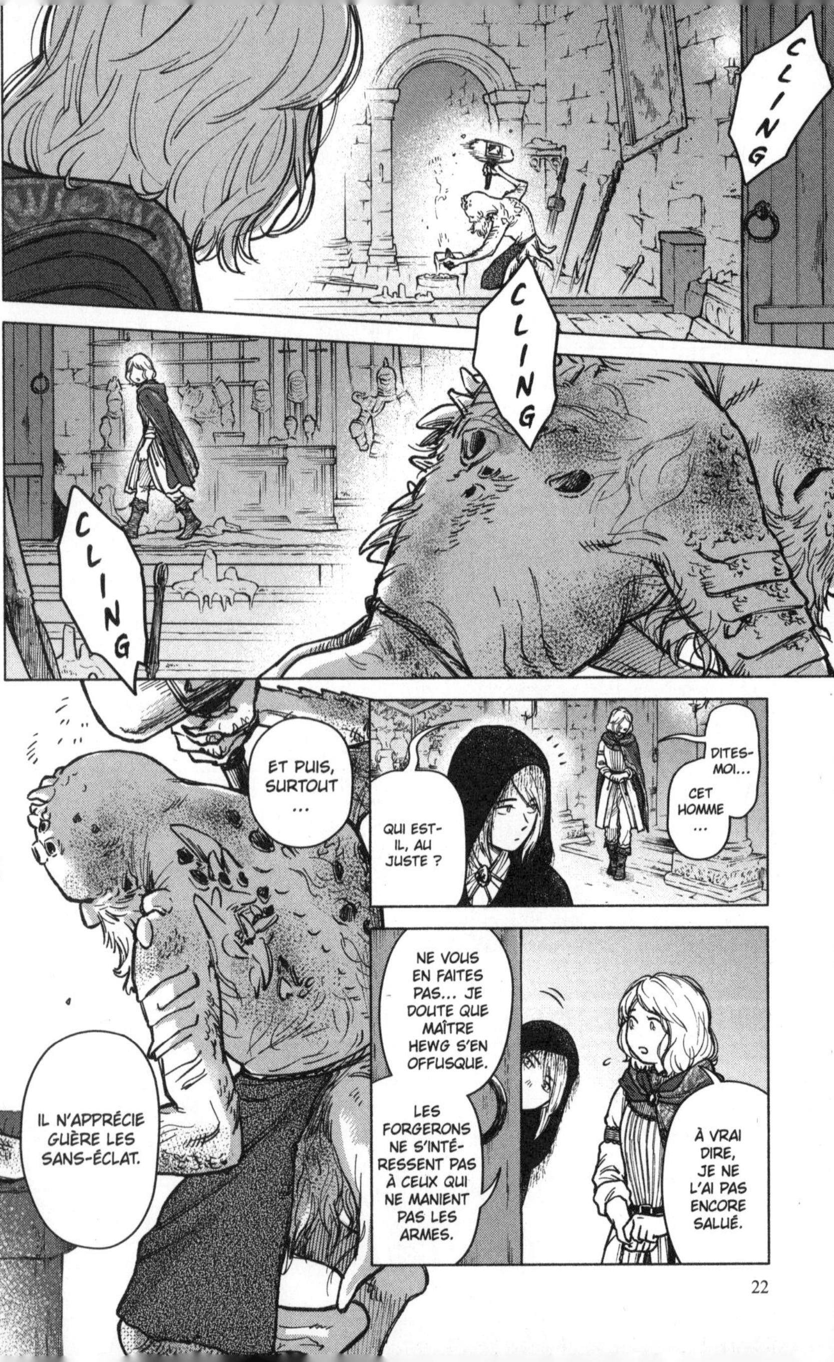
CLING
CLING
CLING
DITES-MOI… CET HOMME…
QUI EST-IL, AU JUSTE ?
À VRAI DIRE, JE NE L'AI PAS ENCORE SALUÉ.
NE VOUS EN FAITES PAS… JE DOUTE QUE MAÎTRE HEWG S'EN OFFUSQUE.
LES FORGERONS NE S'INTÉRESSENT PAS À CEUX QUI NE MANIENT PAS LES ARMES.
ET PUIS, SURTOUT…
IL N'APPRÉCIE GUÈRE LES SANS-ÉCLAT.

TCHAC
が
…
MAIS IL Y A PLUS IMPORTANT.
し
Oh ?
Ah !
BLOF
ぽ
す
?
VOUS AVEZ VRAIMENT MAUVAISE MINE ! VOS CERNES SONT SI PROFONDS !
QUEL GÂCHIS ! VOTRE PEAU EST POURTANT SI DOUCE !
VOUS ÊTES UNE PRÉCIEUSE RECRUE DE LA TABLE RONDE GUIDÉE PAR LA GRÂCE, AU MÊME TITRE QUE NOUS.
COMMENCEZ PAR PRENDRE SOIN DE VOUS AVANT DE VOUS OCCUPER DES CORVÉES.
…
…
MAIS QUAND JE RESTE SEULE À NE RIEN FAIRE…
JE ME SENS SI ACCABLÉE …

VOTRE VOYAGE A SANS DOUTE ÉTÉ LONG ET ARDU.
SANS COMPTER QUE…
VOUS NE VOUS ÊTES PAS REPOSÉE UN SEUL INSTANT DEPUIS VOTRE ARRIVÉE.
…
ALLONGEZ-VOUS UN MOMENT.
N'AYEZ CRAINTE, VOUS ÊTES À L'ABRI DE TOUTE MENACE EN CES LIEUX.

HU HU...
QUELLE DOUCE CHALEUR !
MERCI INFINIMENT ! J'AI COMME L'IMPRESSION...
D'ÊTRE CHOYÉE PAR UNE SŒUR AÎNÉE.
FSHHH...
AU SECOURS...
COMMENT NE PAS FONDRE DEVANT TANT D'INNOCENCE ?!
Aaah...
Encore...
Dites-le encore une fois...
?
J'AI COMME L'IMPRESSION D'ÊTRE CHOYÉE... PAR UNE SŒUR AÎNÉE ?
PLIC
ポタ...
?
PUIS-JE PROFITER DE VOTRE ÂTRE ?
PLOC
ポタ
CETTE PIÈCE EST CELLE OÙ L'ON SÈCHE LE PLUS VITE.
ポタ...
PLIC

DANS QUELLE RÉGION DE L'ENTRE-TERRE AVEZ-VOUS VAGABONDÉ, ET QU'AVEZ-VOUS FAIT POUR ÊTRE AUSSI TREMPÉ ?
Vous auriez pu frapper avant d'entrer, d'ailleurs !
SPLOOOSH
JE SUIS PARTI EN LIURNIA À LA RECHERCHE DE LANYA...
QUAND SOUDAIN, DES ÉCREVISSES GÉANTES M'ONT ENCERCLÉ.
OUAAAH !
CES VILES CRÉATURES M'ONT ATTAQUÉ EN MEUTE ! JE N'AI RIEN PU FAIRE !
C'EST UNE HONTE QUE D'ENFREINDRE AINSI LE CODE DE LA CHEVALERIE !
Allez, prenez votre bénédiction du baldaquin.
LE JOUR OÙ JE RETROUVERAI LANYA, ELLES ME LE PAIERONT TRÈS CHER !
JE VAIS CHERCHER DE QUOI VOUS ESSUYER.
LAISSEZ-MOI VOUS AIDER !
SPLASH
Mais où peut-elle bien être, bon sang ?!
...
VOUS AVEZ UNE PEAU MAGNIFIQUE, VOUS AUSSI ...
VOS MAINS SONT SI BELLES...
VISH
...

MES MAINS SONT BELLES, DITES-VOUS ?
POUR LE CHEVALIER QUE JE SUIS, CES MAINS PÂLES QUE JAMAIS LE SANG N'A ENTACHÉES NE SONT QU'UNE HONTE.
SERAIT-CE UNE RAILLERIE ?!
J'AI CERTES FAILLI PAR NÉGLIGENCE, MAIS JE NE PUIS IGNORER UN TEL AFFRONT, MÊME VENANT D'UNE DAME !
NE SONT-ELLES PAS...
LA PREUVE DE VOTRE BONTÉ, AVANT TOUTE CHOSE ?
ALLONS, NE DITES PAS CELA, SIRE DIALLOS !
JE DOIS ...
ME RETIRER ...
COMMENT UNE DAME ...
PEUT-ELLE ÊTRE SI PURE ?!
AHEM ! MES EXCUSES ...
BRRRRRR
Mais enfin...
À PLUS TARD...
...
AH ...
VEUILLEZ EXCUSER MON IMPUDENCE ...
LE TORT EST MIEN... J'AI MAL COMPRIS VOS PROPOS ET CRU QUE VOUS M'INSULTIEZ...
NON ... CE N'EST RIEN ...

ぽっ
TOUTE SEULE
ねん
...
OOOOOH ! ÇA Y EST !
JE COMPRENDS ENFIN CE QUE VOUS RES-SENTEZ !
Quelle belle âme !
Prêtez-moi votre couverture ! J'ai besoin d'une étoffe !
NE FAITES PAS D'HISTOIRES ! J'AI FORT À FAIRE, MOI !
Arrêtez ! Ça me gêne de montrer mes jambes !
PURE ? MOI ?
SIRE DIALLOS SE FAIT UNE BIEN ÉTRANGE IDÉE DE MA PERSONNE.
SI J'ÉTAIS SI PAR-FAITE QUE CELA...
ALORS...
BOBOM
JE N'AURAIS PAS ÉTÉ DUPÉE...
BOBOM

PAR LES PAROLES TROMPEUSES DE CET HOMME...
ET VOUS N'AURIEZ PAS EU ...
À ÉPROUVER ...
UNE TELLE SOUFFRANCE ...

CLING
CLING
Uuuh…
Snif…
HMMM
Hic…
…
Hic…
CLING
CLING
L'HUMIDITÉ EST NOCIVE POUR LES ARMES.
…!
PARDONNEZ-MOI…
JE N'AVAIS PAS L'INTENTION DE VOUS DÉRANGER…

UNE JEUNE FILLE NE PORTANT PAS LA MOINDRE ARME SUR ELLE N'A RIEN À FAIRE ICI.
FORGER EST MON SEUL TALENT.
CLING
CLIIING
MAIS CHACUNE DE MES ACTIONS ...
ME RAPPELLE À MA NAÏVETÉ ...
JE PENSAIS QUE...
LE BRUIT DU MARTEAU DE FORGE ME DÉTOURNERAIT DE MES PENSÉES.
JE NE POSSÈDE NI ARME, NI SAGESSE, NI COURAGE...
JE N'AI PAS PLUS DE PRÉDISPOSITIONS POUR APPRENDRE LES INCANTATIONS QUE LES SORCELLERIES ...
ET ENCORE MOINS DE CŒUR POUR OFFRIR MON AFFECTION À AUTRUI.
J'AI VOULU REJOINDRE LA TABLE RONDE POUR DEVENIR UNE PERSONNE MEILLEURE ...
ET HONORER LA MÉMOIRE DE CEUX QUI ONT CRU EN MOI...

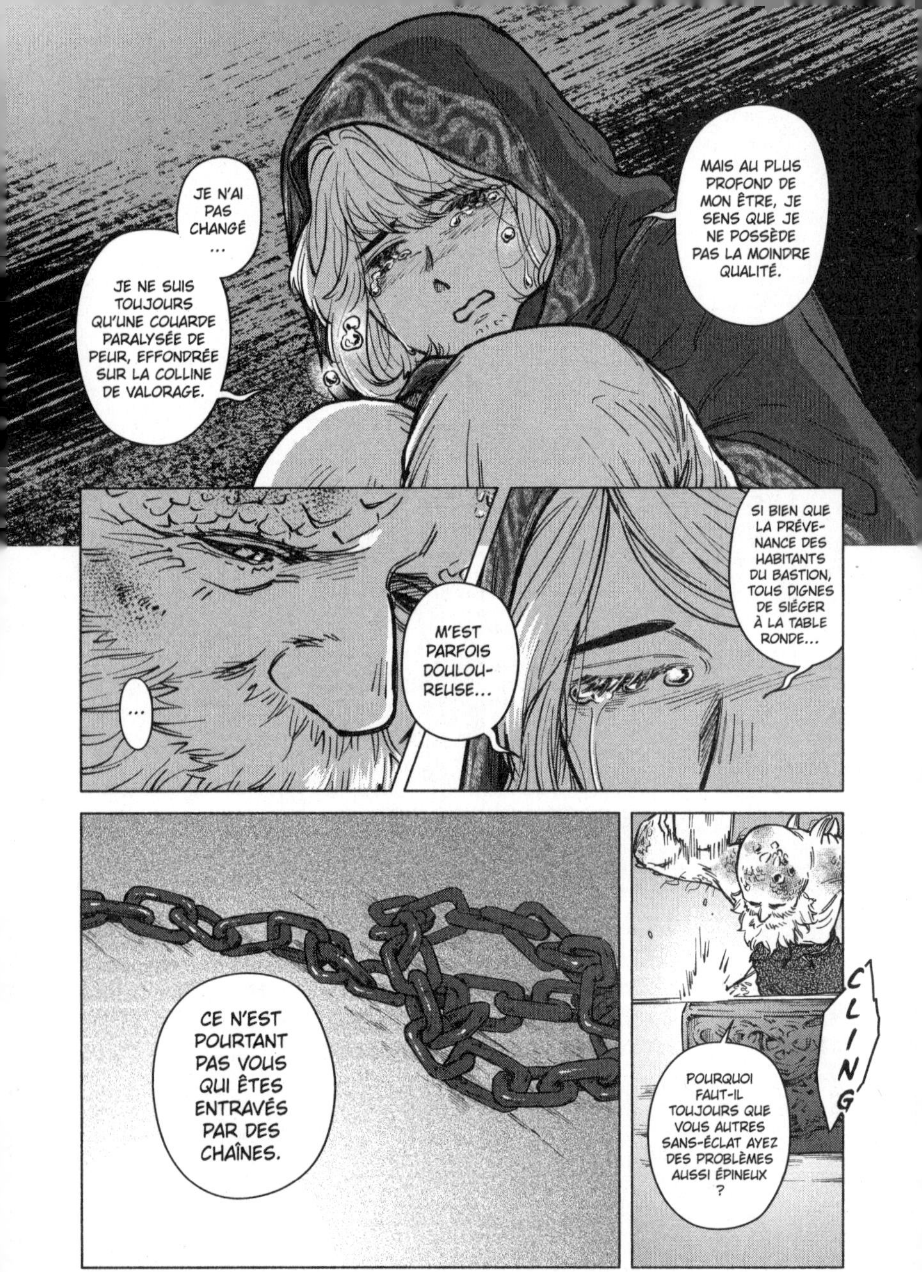
MAIS AU PLUS PROFOND DE MON ÊTRE, JE SENS QUE JE NE POSSÈDE PAS LA MOINDRE QUALITÉ.
JE N'AI PAS CHANGÉ …
JE NE SUIS TOUJOURS QU'UNE COUARDE PARALYSÉE DE PEUR, EFFONDRÉE SUR LA COLLINE DE VALORAGE.
SI BIEN QUE LA PRÉVENANCE DES HABITANTS DU BASTION, TOUS DIGNES DE SIÉGER À LA TABLE RONDE…
M'EST PARFOIS DOULOUREUSE…
…
CLING
POURQUOI FAUT-IL TOUJOURS QUE VOUS AUTRES SANS-ÉCLAT AYEZ DES PROBLÈMES AUSSI ÉPINEUX ?
CE N'EST POURTANT PAS VOUS QUI ÊTES ENTRAVÉS PAR DES CHAÎNES.

CLING
CLIIING
CLING
SI TU N'AS NULLE PART OÙ ALLER, ASSIEDS-TOI EN FACE.
ENTENDRE LES PLEURS D'UNE ENFANT ÉMANER DE L'OBSCURITÉ À LONGUEUR DE JOURNÉE ME MET MAL À L'AISE.
CRIIIC

AU DÉBUT, JE PENSAIS QUE NOUS ÉTIONS PLUTÔT BIEN PARTIS...
MAIS À PRÉSENT, J'AI COMME L'IMPRESSION QUE RODERIKA HÉSITE À RESTER PARMI NOUS.
OUI... JE FAIS EN SORTE DE RETIRER MES GANTELETS DE TEMPS À AUTRE...
MAIS ELLE NE ME COMPLIMENTE PLUS SUR MES MAINS.
ELLE NE SE SERT MÊME PAS DES OBJETS À L'EFFIGIE DES DEUX DOIGTS QUE JE LUI AI FABRIQUÉS.
J'AI AUSSI RASSEMBLÉ DE LA DOCU-MENTATION AFIN DE FACILITER SA COMPRÉHENSION DES INCANTA-TIONS, MAIS CELA N'A PAS EU L'AIR DE L'ENCHANTER.
NOUS SOMMES DEVENUES SŒURS, ELLE ET MOI.
D'ORDINAIRE, UNE SŒUR CADETTE DEVRAIT RENDRE VISITE À SON AÎNÉE PLUS SOUVENT.

JE VOUS RAPPELLE QUE CE SONT DES SENTIMENTS DE RODERIKA QUE NOUS PARLONS.
PAS DES VÔTRES.
Ce n'est pas un groupe de parole, ici !
Plaît-il ?
HMMMMMMM
À BIEN Y RÉFLÉCHIR…
LES ÉVÉNEMENTS QU'ELLE A VÉCUS AVANT SON ARRIVÉE AU BASTION…
ONT L'AIR DE PESER SUR SA CONSCIENCE.
L'HEURE EST GRAVE.
SI ELLE NOUS QUITTE CAR ELLE ESTIME QUE NOUS NE POUVONS LUI APPORTER AUCUNE AIDE…
JE SERAI À NOUVEAU LA SEULE FEMME DU GROUPE.
JE NE PUIS PLUS SUPPORTER UNE TELLE SOLITUDE !
J'AIMERAIS AVOIR UNE AMIE AVEC QUI COMPARER LES BRODERIES DE NOS ROBES ET ÉCHANGER DES COMPLIMENTS SUR NOTRE BEAUTÉ, MOI !
MAIS IL RESTERAIT ENCORE NEPHELI, NON ?
LÀ N'EST PAS LA QUESTION !
Ah bon ?
ELLE EST DU GENRE À DORMIR SANS MÊME ENLEVER SON MAQUILLAGE ! ET PUIS…
NOUS NE VIVONS TOUT SIMPLEMENT PAS DANS LE MÊME MONDE !
Est-ce que je prends soin de ma peau ? Non, pas spécialement.
omment je me
ave le visage ?
ans le courant
de la rivière
es Eaux Noires,
c'est bien
suffisant !

UN AUTRE SANS-ÉCLAT EST ARRIVÉ RÉCEMMENT, NON ?
IL A L'AIR PLUTÔT SYMPATHIQUE. PEUT-ÊTRE QU'IL POURRA CONVAINCRE RODERIKA DE RESTER, LUI.
Ah oui ! Je l'ai rencontré au Château de Voilorage !
IL EST AIMABLE, MAIS AUSSI TRÈS FORT !
APPAREMMENT, IL AURAIT VAINCU GODRICK !
QUELLE PUISSANCE !
JE VOIS DE QUI VOUS PARLEZ ! IL A MÊME ACCEPTÉ D'APPRENDRE DES INCANTATIONS !
CELA DIT, JE CROIS QU'IL EST FORT OCCUPÉ À RECHERCHER LES AUTRES RUNES MAJEURES.
JE DOUTE QU'IL AIT LE LOISIR DE NOUS AIDER À RÉGLER LES SOUCIS DE RODERIKA.
À VOUS D'OBTENIR SON SOUTIEN EN USANT DE VOTRE DON POUR VOUS LIER D'AMITIÉ AVEC LA PLUPART DES SANS-ÉCLAT !
JE PENSE QUE TOUT IRA BIEN.
APRÈS TOUT, ILS ONT DÉJÀ L'AIR ASSEZ PROCHES, TOUS LES DEUX.
COM-MENT ?!

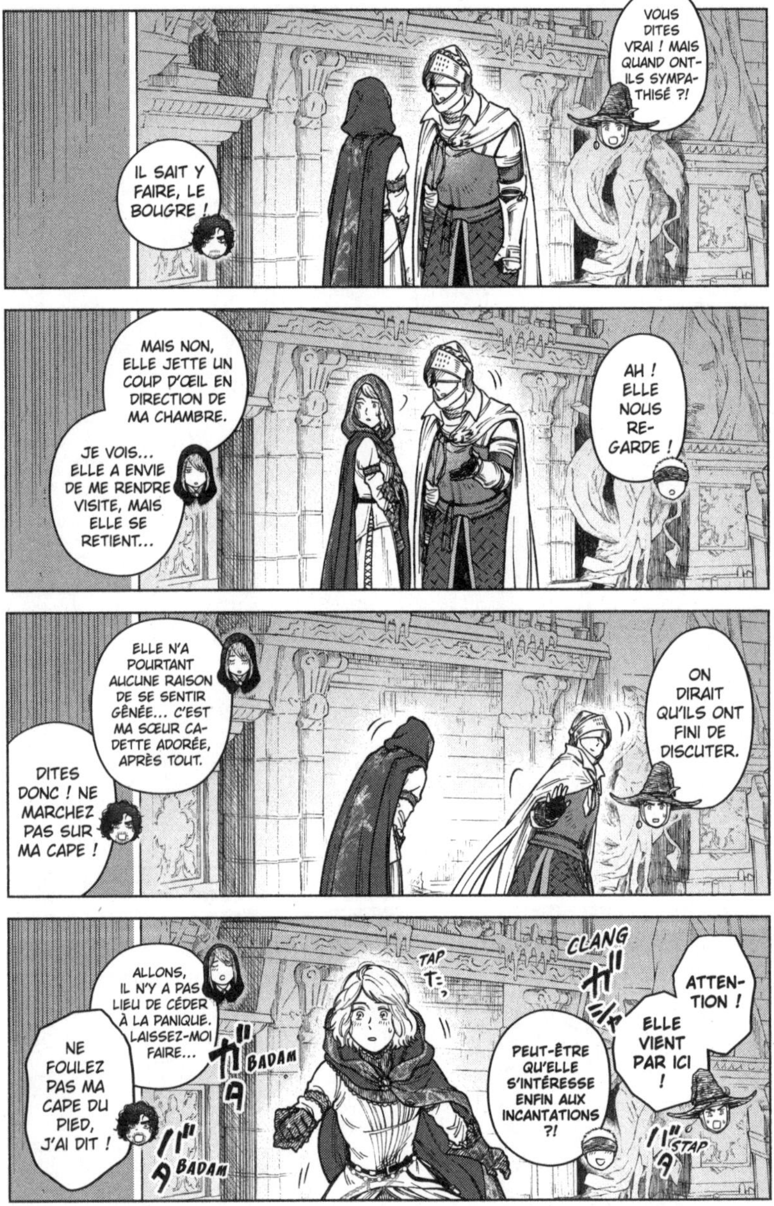
VOUS DITES VRAI ! MAIS QUAND ONT-ILS SYMPATHISÉ ?!
IL SAIT Y FAIRE, LE BOUGRE !
AH ! ELLE NOUS REGARDE !
MAIS NON, ELLE JETTE UN COUP D'ŒIL EN DIRECTION DE MA CHAMBRE.
JE VOIS... ELLE A ENVIE DE ME RENDRE VISITE, MAIS ELLE SE RETIENT...
ON DIRAIT QU'ILS ONT FINI DE DISCUTER.
ELLE N'A POURTANT AUCUNE RAISON DE SE SENTIR GÊNÉE... C'EST MA SŒUR CADETTE ADORÉE, APRÈS TOUT.
DITES DONC ! NE MARCHEZ PAS SUR MA CAPE !
CLANG
ATTENTION !
ELLE VIENT PAR ICI !
TAP
PEUT-ÊTRE QU'ELLE S'INTÉRESSE ENFIN AUX INCANTATIONS ?!
STAP
ALLONS, IL N'Y A PAS LIEU DE CÉDER À LA PANIQUE. LAISSEZ-MOI FAIRE...
BADAM
NE FOULEZ PAS MA CAPE DU PIED, J'AI DIT !
BADAM

Ouah !
Ah...
BIEN LE BONJOUR ...
À VOUS TOUS...
スン...
SH HH HHH
VOUS AI-JE INTERROMPUS DANS VOTRE DISCUSSION ?
VISH
ス...
NE VOUS INQUIÉTEZ PAS, NOUS NE PARLIONS QUE DE CHOSES SANS IMPORTANCE.
SI VOUS AVEZ BESOIN DE QUOI QUE CE SOIT, N'HÉSITEZ PAS À DEMANDER.
N'AYEZ CRAINTE. VOUS POUVEZ NOUS PARLER DE TOUT CE QUE VOUS SOUHAITEZ.
SURTOUT SI VOUS VOULEZ DISCUTER DE L'ORDRE D'OR !
J'AI UNE GRANDE EXPÉRIENCE DES VOYAGES, VOUS SAVEZ.
SI VOUS AVEZ UN PROBLÈME EN LA MATIÈRE, IL SE PEUT QUE JE CONNAISSE UNE SOLUTION.
IL Y A SANS DOUTE DES CHOSES QUE VOUS NE POUVEZ PAS DIRE AUX HOMMES.
AVEC MOI, VOUS N'AUREZ PAS À RESTREINDRE VOS SUJETS DE CONVERSATION.
Merci infiniment...
DANS CE CAS ...
J'ACCEPTE VOTRE OFFRE ...
J'AURAIS UNE REQUÊTE ...
ごくり
GLOUPS
À VOUS FAIRE...

À VRAI DIRE...
IL SEMBLERAIT QUE JE POSSÈDE UN TALENT POUR L'HARMONISATION SPIRITUELLE.
C'EST MAÎTRE HEWG QUI L'A DÉCELÉ CHEZ MOI...
JE PENSAIS DONC LUI DEMANDER...
S'IL VOUDRAIT BIEN DE MOI COMME DISCIPLE.
Hein ?
Alors...
JE NE VOUDRAIS PAS VOUS DÉRANGER...
MAIS SI VOUS POUVIEZ M'ENCOURAGER...
J'en serais...
Heureuse...
Ils sont émus aux larmes !
Bien sûr...
Joie...
Bon courage...
Snirf...

PAS MAL DU TOUT...

À PRÉSENT, PERMETTEZ-MOI DE ME PRÉSENTER À NOUVEAU.
RODERIKA, APPRENTIE HARMONISATRICE SPIRITUELLE.
RAVIE DE FAIRE VOTRE CONNAISSANCE.
OOOH ! FÉLICITATIONS !
HEUREUSE DE VOIR QUE TOUT S'EST DÉROULÉ SANS ENCOMBRES.
SI J'AVAIS ÉTÉ SEULE ...
JE PENSE QUE JE N'AURAIS PAS SU PRENDRE MON COURAGE À DEUX MAINS.
C'EST GRÂCE À VOS ENCOURAGEMENTS.
J'AURAIS VOULU VOUS REMERCIER TOUS EN MÊME TEMPS, MAIS…
ALLONS, CE N'EST PAS GRAVE.
COMME JE VOUS L'AI DIT, CHACUN ICI AGIT À SA GUISE.
Je savais bien que Lanya était la seule pour moi !
Même sans camarade de l'ordre d'or, je ne me sens pas seul !
MIEUX VAUT NE PAS LUI EN PARLER…
ELLE RISQUERAIT DE S'INQUIÉTER…

ON DIRAIT BIEN QUE MAÎTRE HEWG …
NOUS A COUPÉ L'HERBE SOUS LE PIED.
COMME VOUS DITES …
SI SEULEMENT C'ÉTAIT NOUS …
QUI AVIONS FAIT NAÎTRE LA JOIE SUR SON VISAGE…
GNNN
SI SEULEMENT C'ÉTAIT MOI…
OUI…
DANS L'ENTRETERRE …
IL N'EST PAS UN AVENTURIER QUI NE PORTE UN LOURD FARDEAU.
ET RODERIKA NE FAIT PAS EXCEPTION.
QUOI QU'IL EN SOIT, IL EST BON DE VOIR DE NOUVELLES TÊTES AU BASTION.
PLUS NOUS SERONS NOMBREUX, PLUS LES MYSTÈRES DE CE MONDE S'ÉCLAIRCIRONT.
J'aurais tant voulu qu'elle m'appelle sa sœur aînée une dernière fois…

À PRÉSENT, SON REGARD EST CELUI D'UNE VÉRITABLE SANS-ÉCLAT.
FLAP
CLING
AS-TU PERDU …
TA CAPE ?
CLING
NON…
JE ME SUIS LIBÉRÉE …
DE CE QUI ÉTAIT À MES YEUX…

LA CHAÎNE QUI M'ENTRAVAIT.

...
SOIT.
CLING
CLING
« SI JE PUIS...
ÊTRE UTILE À AUTRUI, NE SERAIT-CE QU'UN PEU...
ET SI PAR CHANCE...
JE PEUX ATTÉNUER LES SOUFFRANCES DE MES CHERS CAMARADES QUI FURENT GREFFÉS... »

« ALORS...
IL EN VA DE MON DEVOIR. »
SALUTATIONS...
VOUS VENEZ POUR MES SERVICES D'HARMONISATION SPIRITUELLE ?
— Fin du chapitre 1 —

— Chapitre 2 —

AU BORD DU LAC SURPLOMBÉ PAR LES HAUTES TOURS DE L'ACADÉMIE DE RAYA LUCARIA...
PSHHH
PSHHH
PSHHH
UNE MARMITE BRÛLANTE EXHALAIT UN DOUX PARFUM DE CRUSTACÉS FRAÎCHE-MENT BOUILLIS...
PFUUU
PFUUU
QUE NOTRE PROTA-GONISTE AVAIT SALÉS À POINT AFIN D'EN RELEVER LA SAVEUR.
GLOUPS
PFFF...

J'EN AI MARRE ...
MAIS HÉLAS, LE MALFRAT NOMMÉ GROS BOGGART...
SE LASSAIT DU GOÛT DES CREVETTES.
— Chapitre 2 —
Le Monde du Malfrat
Le Bon Bistrot de Boggart
CES SALOPERIES ONT TOUJOURS UNE CHAIR CAOUTCHOU-TEUSE CHAQUE JOUR QUI PASSE !
J'EN AI MA CLAQUE DE CETTE TEXTURE...
ET DE CE GOÛT VAGUEMENT SALÉ QUI TITILLE MÊME PAS LES PAPILLES !
VRRR
VRRR
SHRAAAC
J'AI ENVIE D'AUTRE CHOSE...
D'UN TRUC AVEC PLUS DE PEPS...

SPLASH
D'AILLEURS, POURQUOI JE BOULOTTE DES CREVETTES EN BOUCLE COMME UN ABRUTI ?!
L'ENTRE-TERRE EST VASTE…
DOIT Y AVOIR PLEIN D'AUTRES CHOSES À SE METTRE SOUS LA DENT !
UN TRUC QUI ME METTRAIT L'EAU À LA BOUCHE…
UNE SAVEUR SI INTENSE, PUISSANTE ET VIOLENTE…
ET ENFLAMMERAIT TOUTES LES FIBRES DE MON ÊTRE À CHAQUE BOUCHÉE…
QU'ELLE POURRAIT ME FAIRE PERDRE LA TÊTE…
…
DE LA VIANDE !
BWAM
MAIS OUI, C'EST ÇA QUE JE VEUX BOUFFER ! DE LA BIDOCHE !
DE LA BONNE VIANDE DE BÊTE BIEN SAIGNANTE !
DANS CE CAS…
J'AI PLUS AUCUNE RAISON DE TRAÎNER SUR LES BERGES DE CE LAC LUGUBRE…
ZDAM
C'EST PARTI !

EN ROUTE POUR LES TERRES FERTILES DE NÉCROLIMBE…
OÙ DÉAMBULENT LES STEAKS SUR PATTES !
EXCUSEZ-MOI…
IL Y A QUELQU'UN ?
T'ES QUI, TOI ? TU VOIS PAS QUE J'ÉTAIS SUR LE POINT DE PARTIR ?!
DÉGAGE !
PARDONNEZ-MOI DE VOUS DÉRANGER EN PLEIN VOYAGE…
MON NOM EST HYETTA.
JE PARCOURS CE MONDE À LA RECHERCHE DE LA LUMIÈRE LOINTAINE.
CONNAIS PAS ! SI TU CONTINUES À ME FAIRE SUER, C'EST TA LUMIÈRE VITALE QUE TU VAS PERDRE !
Fous-moi la paix ou j'te crève !
Ah ! Attendez !
SANS VOULOIR PARAÎTRE IMPUDENTE…
ACCEPTERIEZ-VOUS DE ME FAIRE DON DE QUELQUES FRUITS DE SHABRIRI, SI VOUS EN AVEZ EN VOTRE POSSESSION ?
TILTAKO…
…

OH OUI… À EN PERDRE LA RAISON…
SI SAVOU-REUSEMENT TENDRES…
SUCRÉS …
ET BRÛLANTS À LA FOIS …
GLOUPS
CES FRUITS …
ON PEUT LES BOUFFER ?
ILS SONT GOÛTUS ?
N'EMPÊCHE, J'AI JAMAIS VU NI ENTENDU PARLER DE FRUITS PAREILS…
ILS DOIVENT ÊTRE SACRÉMENT RARES.
J'AIMERAIS MIEUX LES BOUFFER PLUTÔT QUE DE LES LUI FILER !
MA VUE ME FAISANT DÉFAUT DEPUIS QUE JE SUIS NÉE, IL NE M'A JAMAIS ÉTÉ PERMIS DE LES VOIR…
MAIS ILS DOIVENT ÊTRE AGRÉABLES AU REGARD, À N'EN POINT DOUTER.
CE SERAIT PARFAIT POUR LE DESSERT !
?
SI VOUS EN TROUVEZ AU COURS DE VOS PÉRÉGRINATIONS, JE SERAIS HEUREUSE QUE VOUS M'EN APPORTIEZ.
MOUAIS… ON VERRA SI JE ME SENS D'HUMEUR GÉNÉREUSE.
ET DANS TOUS LES CAS, ÇA SERA PAS GRATOS…
JE SUIS AVEUGLE, PAS SOURDE !
FRASH
FRASH

DOM
VIANDE DE BÊTE
VIANDE DE BÊTE
VIANDE DE BÊTE
DODOM
CHAMPIGNONS
HERBE
BAIES
BAIES
DODODOM
TROUPEAU DE VIANDE DE BÊTE
FIOUU !
Y A DES INGRÉDIENTS À PERTE DE VUE, DANS LE COIN !
C'EST LE PIED !
JE COMMENCE À AVOIR LA DALLE…
OUARGH !
SBLONG
BÊÊÊÊ !
…

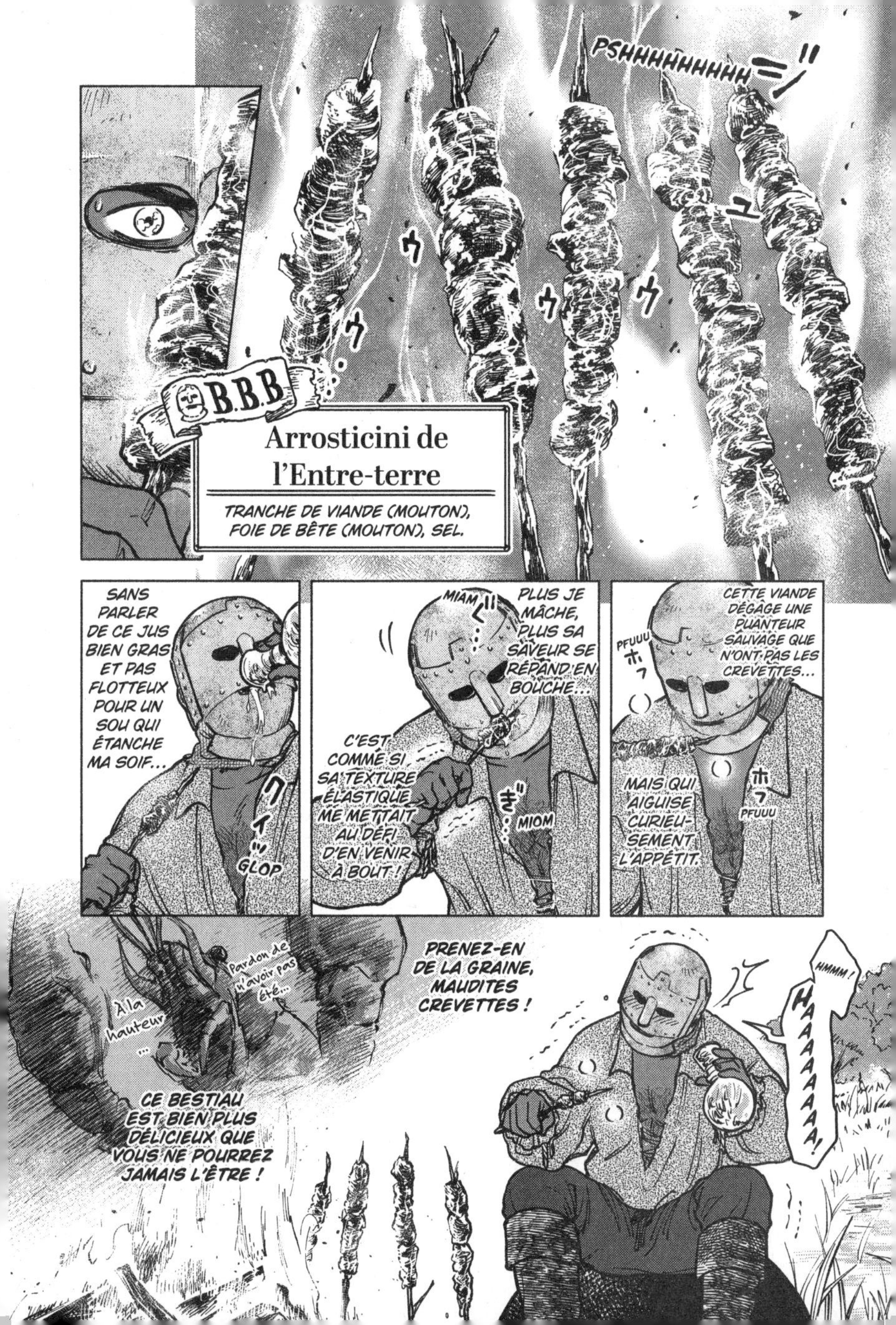

PSHHHHHHHHH
B.B.B
Arrosticini de l'Entre-terre
TRANCHE DE VIANDE (MOUTON), FOIE DE BÊTE (MOUTON), SEL.
CETTE VIANDE DÉGAGE UNE PUANTEUR SAUVAGE QUE N'ONT PAS LES CREVETTES...
PFUUU
MAIS QUI AIGUISE CURIEUSEMENT L'APPÉTIT.
PFUUU
PLUS JE MÂCHE, PLUS SA SAVEUR SE RÉPAND EN BOUCHE...
MIAM
C'EST COMME SI SA TEXTURE ÉLASTIQUE ME METTAIT AU DÉFI D'EN VENIR À BOUT !
MIOM
SANS PARLER DE CE JUS BIEN GRAS ET PAS FLOTTEUX POUR UN SOU QUI ÉTANCHE MA SOIF...
GLOP
HMMM !
HAAAAAAAA !
PRENEZ-EN DE LA GRAINE, MAUDITES CREVETTES !
Pardon de n'avoir pas été...
À la hauteur...
CE BESTIAU EST BIEN PLUS DÉLICIEUX QUE VOUS NE POURREZ JAMAIS L'ÊTRE !

FIOU !
PLAF
AOUUUH !
IL ME FAUT DE LA BIDOCHE ENCORE PLUS MASTOC !
GROUIIIK !
VISH
JE PEUX PAS...
ME CONTENTER D'AUSSI PEU !
MAIS BON, FAIRE LA MÊME RECETTE À CHAQUE FOIS, C'EST QUAND MÊME BARBANT...
TANT QU'À FAIRE D'AVOIR UNE MONTAGNE DE BARBAQUE, AUTANT FAIRE LES CHOSES EN GRAND !
FRISH
FRISH
VOYONS VOIR... EST-CE QU'UNE DE CES PLANTES POURRAIT SERVIR D'ÉPICE...
MASSE DE CHAIR
...
FAUT CROIRE QUE...
C'EST MON JOUR DE CHANCE !
ARTERIA
DITES-MOI QUE JE RÊVE...

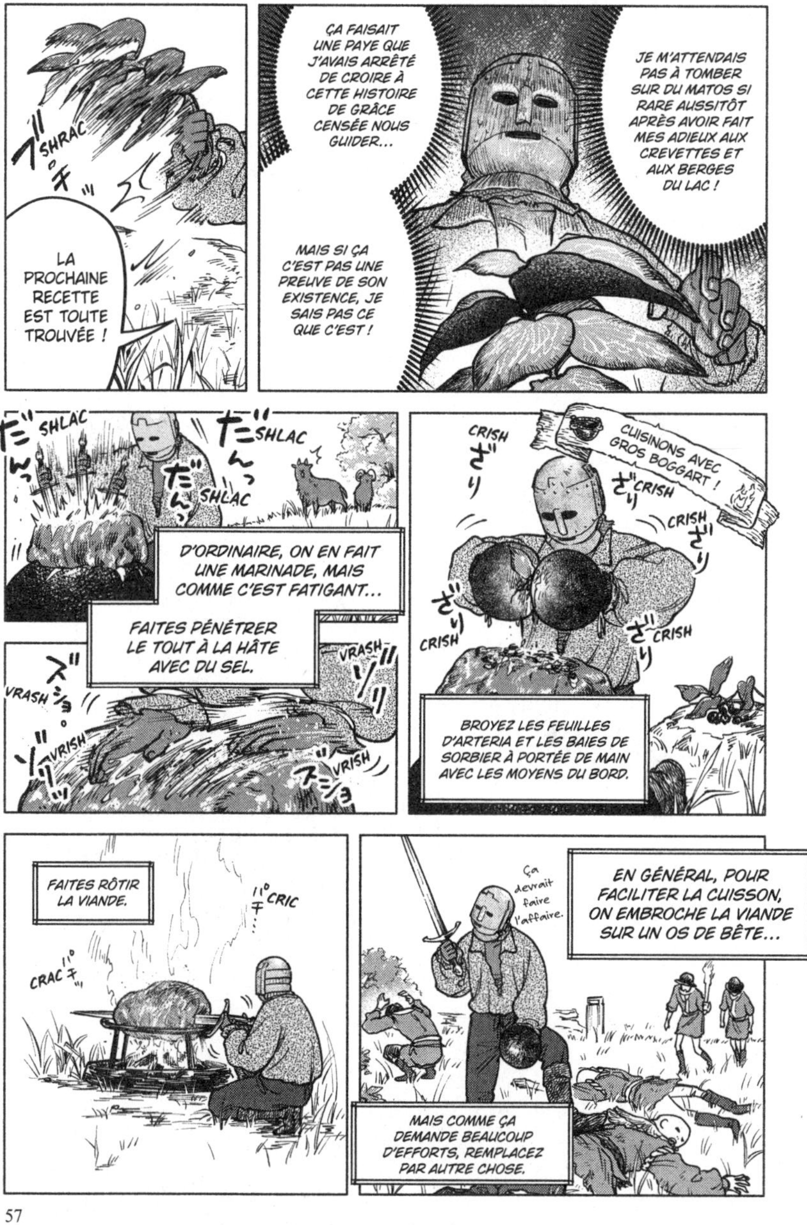
SHRAC
LA PROCHAINE RECETTE EST TOUTE TROUVÉE !
ÇA FAISAIT UNE PAYE QUE J'AVAIS ARRÊTÉ DE CROIRE À CETTE HISTOIRE DE GRÂCE CENSÉE NOUS GUIDER…
JE M'ATTENDAIS PAS À TOMBER SUR DU MATOS SI RARE AUSSITÔT APRÈS AVOIR FAIT MES ADIEUX AUX CREVETTES ET AUX BERGES DU LAC !
MAIS SI ÇA C'EST PAS UNE PREUVE DE SON EXISTENCE, JE SAIS PAS CE QUE C'EST !
SHLAC
SHLAC
SHLAC
D'ORDINAIRE, ON EN FAIT UNE MARINADE, MAIS COMME C'EST FATIGANT…
FAITES PÉNÉTRER LE TOUT À LA HÂTE AVEC DU SEL.
VRASH
VRASH
VRISH
VRISH
CUISINONS AVEC GROS BOGGART !
CRISH
CRISH
CRISH
CRISH
CRISH
BROYEZ LES FEUILLES D'ARTERIA ET LES BAIES DE SORBIER À PORTÉE DE MAIN AVEC LES MOYENS DU BORD.
EN GÉNÉRAL, POUR FACILITER LA CUISSON, ON EMBROCHE LA VIANDE SUR UN OS DE BÊTE…
Ça devrait faire l'affaire.
MAIS COMME ÇA DEMANDE BEAUCOUP D'EFFORTS, REMPLACEZ PAR AUTRE CHOSE.
FAITES RÔTIR LA VIANDE.
CRIC
CRAC

BWOM
(HAAA)
(HAAA)
SHRIC
B.B.B
Chair exaltée
feat. Gros Boggart
MASSE DE CHAIR, ARTERIA,
BAIES DE SORBIER, SEL.
FWIP
HAM
SLURP
GNOM
CRONCH
OUAAAAAAAAAH
AAAAAAAAAH
BON SANG ! J'PEUX PAS M'EN EMPÊCHER !
HAM
MIAM
TOUT COMME LE JUS …
PEUT PAS S'ARRÊTER DE COULER …
HAM
MIOM

HA !
GASP
は
D'AILLEURS, JE ME SENS UN PEU MALADE...
J'AI P'TÊT UN PEU TROP BOUFFÉ...
ぷ
BURP
PSHHH
PSHHH
FAUT QUE JE FASSE GAFFE... PIONCER EN PLEIN MILIEU DES FOURRÉS, C'EST RISQUÉ !
HOP
J'SUIS UN PEU TROP DÉTENDU QUAND J'AI LA PANSE PLEINE...
PSHHH
PSHHH
COUIC
ALORS COMME ÇA ON ESSAIE DE M'EMPOISONNER ?!

...
BWA HA HA
ELLES ONT MÊME PAS EU LE TEMPS DE DIRE OUF !
DÉCIDÉMENT, J'SUIS ENCORE PLUS EN FORME QUE D'HABITUDE !
DE LA POUDRE DE MIRANDA...
FWISH
NAN... S'ENFILER DU POLLEN DANS LE GOSIER, ÇA PEUT PAS ÊTRE UNE BONNE IDÉE.
MAIS QUAND MÊME, EST-CE QUE JE POURRAIS PAS ME DÉBROUILLER POUR TIRER PARTI...
DE CE LÉGER ARÔME FUMÉ ?
C'EST BOUFFABLE, ÇA ?
ALLEZ, ÇA SE TENTE.
J'AI PRESQUE ENVIE DE ME FÉLICITER...
DE PAS AVOIR ÉTÉ CAPABLE DE TOUT MANGER D'UN SEUL COUP !

CUISINONS AVEC GROS BOGGART !
PLISH
PLISH
PLISH
PLISH
PLISH
ENDUISEZ VIGOUREUSEMENT LE RESTE DE CHAIR EXALTÉE DE FEUILLES D'HERBA BROYÉES AVEC LES MOYENS DU BORD ET DE VOTRE MÉLANGE D'ÉPICES MAISON QUE VOUS CACHEZ SUR VOUS.
LAISSEZ REPOSER LA VIANDE UN MOMENT POUR LA FAIRE MATURER EN FAISANT UNE SIESTE DIGESTIVE OU EN RANGEANT VOS USTENSILES.
BUUURP
SPLAAASH
QUAND VOUS AUREZ PERDU PATIENCE, UTILISEZ LA SOURCE D'EAU LA PLUS PROCHE POUR ENLEVER UNE PETITE PARTIE DES ÉPICES, PUIS ÉGOUTTEZ.
SHLANG
CLONG
ET AVEC LA POUDRE DE MIRANDA...
JE LA FUME !

HOUUU
Est-ce qu'il y aurait pas d'autres bonnes choses dans le coin...?
PENDANT QUE LE FUMAGE SUIT SON COURS, ALLEZ VOUS PROMENER EN VOUS PRÉPARANT À VOUS REMPLIR LA PANSE !
...
TIENS, TIENS...
HMM... UNE CHOUETTE ...
DANS L'ABSOLU, C'EST PAS IMBOUFFABLE, MAIS BON...
JE SAIS PAS SI Y A GRAND-CHOSE À MANGER LÀ-DESSUS NON PLUS...
DE TOUTE FAÇON, T'AURAS BEAU LE COUVER, IL ÉCLORA JAMAIS !
ALORS TU PEUX BIEN ME LE FILER !
WAAAAAARK
TCHOP
...
...
WAAARK
...
FWIP

Fiou ...!
FSHH
もく
FSHH
もく
NICKEL ! J'AI TOUT CE QU'IL ME FAUT SOUS LA MAIN !
STAP
...!
CLONG
VLOUF
BON SANG... CE PARFUM À LA FOIS SAVOUREUX ET SAUVAGE...
J'CROIS BIEN QUE J'AI PRÉPARÉ LE PLAT QUE JE VOULAIS BOUFFER DEPUIS TOUT CE TEMPS !
UNE FOIS QUE LA VIANDE S'EST BIEN IMPRÉGNÉE DE L'ARÔME FUMÉ, COUPEZ-EN UNE TRANCHE PAS TROP ÉPAISSE...
PSHIIIII
ET FAITES-LA GRILLER JUSQU'À CE QU'ELLE SOIT BIEN DORÉE EN SURFACE.
CRAC
BLOP

CRIC
PSHHH
CRAC
CRIC
PSHHH
B.B.B
Œuf au bacon façon Miranda
CHAIR EXALTÉE (BACON), ŒUF ENDORMI, HERBA, ÉPICES, SEL, POUDRE DE MIRANDA.
SHLIP
AAAH…
J'AURAIS JAMAIS CRU…
QU'UNE CHOSE AUSSI BELLE PUISSE EXISTER DANS L'ENTRE-TERRE…
SHRAAAC
CHAQUE INGRÉDIENT SE FOND DANS UN GRAND TOUT QUI NE POURRAIT ÊTRE REPRODUIT SI LE MOINDRE D'ENTRE EUX MANQUAIT À L'APPEL !
LA TEXTURE RÂPEUSE DE LA VIANDE OBTENUE PAR L'ÉVAPORATION DE SON EAU ET LA CONDENSATION DE SES FIBRES AINSI QUE CETTE SAVEUR ÉPICÉE QUI BRÛLE LA LANGUE…
MIOM
SLURP
SONT À LA FOIS ACCENTUÉES ET ADOUCIES PAR LE MOELLEUX DU JAUNE D'ŒUF !
GNOM
MAIS LA CERISE SUR LE GÂTEAU…

C'EST CET ARÔME FUMÉ DE LA POUDRE DE MIRANDA...
QUI ENFLAMME LES NARINES UNE FOIS QU'ON A BIEN TOUT MÂCHÉ !
PAR CONTRE, UN PROBLÈME SE POSE...
QUE FAIRE DE LA GRAISSE DÉGORGÉE PAR LA VIANDE...
L'INCARNATION DE CETTE SAVEUR PARFAITE ?!
CE SERAIT UN FOUTU GÂCHIS DE LA JETER...
FWIP
キョロ
FWIP
キョロ
...
FRISH
ガサ
FRASH
ガサ
CE VOYAGE EST UNE EXPLORATION CULINAIRE !
CHAMPIGNONS
J'VAIS ME PRÉPARER UN FESTIN TROIS SERVICES DIGNE D'UN ROI !
BAIES DE SORBIER

B.B.B
Champignons et baies de sorbier al ajillo
CHAMPIGNONS, BAIES DE SORBIER, GRAISSE DE BACON, SEL.
PSHHH
PSHHH
PSHHH
SCRONCH
SCRONCH
HMM …
Pas mal, pas mal…
L'ACIDITÉ AGRÉABLE DES BAIES DE SORBIER APAISE LA SENSATION DE LOURDEUR DANS L'ESTOMAC ET RAFRAÎCHIT LE PALAIS.
VOYONS VOIR LES CHAMPIGNONS, MAINTENANT…
JE M'ATTENDAIS PAS À CE QU'ILS ABSORBENT AUTANT LA GRAISSE.
FSHH
FSHH
APRÈS, COMME ELLE EST SAVOUREUSE, ILS ONT PAS MAUVAIS GOÛT, MAIS …
COMMENT DIRE… J'AI UN PEU L'IMPRESSION DE MORDRE DANS UNE ÉPONGE…
SHLORP
SHLORP
SHLORP
Ou… ouah !
MAIS POURQUOI ILS ARRÊTENT PAS DE GONFLEEEER ?!

Aaaaaah !
LES CHAMPIGNONS ONT PÉRI
LES CHAMPIGNONS AYANT ABSORBÉ TROP DE GRAISSE, L'EXPÉRIENCE S'EST SOLDÉE PAR UN ÉCHEC.
BAH ! TANT PIS !
ILS AVAIENT BON GOÛT.
J'AI PAS DE REGRETS.
CADAVRE DE CHAMPIGNONS
LES CHAM-PIGNONS, ÇA DEMANDE TROP D'EFFORTS POUR CE QUE C'EST !
PAR CONTRE, J'AI REFAIT LE PLEIN D'ÉNERGIE GRÂCE À LA BIDOCHE !
ET BIZAR-REMENT, J'AI MÊME PAS SOMMEIL ALORS QUE J'AI LE VENTRE PLEIN !
GNOM
GNOM
J'ME SENS ENCORE D'ATTAQUE !
QU'EST-CE QUE JE VAIS ME CUISINER ENSUITE...

HOULÀ...
SHRAC
BLORP
SHLORK
JE ME SUIS TROMPÉ DE CHEMIN...
J'VOIS QUE DES TRUCS PUTRÉFIÉS À PERTE DE VUE !
PLATCH
BLOTCH
QU'EST-CE QU'IL FOUT, CE CABOT ?! BOUFFE PAS ÇA, TU VOIS BIEN QUE C'EST POURRI !
JE LÂCHE L'AFFAIRE, MOI...
EURK
PEUT PAS Y AVOIR UN TRUC DE BON À SE METTRE SOUS LA DENT DANS CETTE RÉGION PESTIFÉRÉE !

URGH
QUE ÇA ME FILE DES AIGREURS D'ESTOMAC…
LE PAYSAGE DE TOUT À L'HEURE ÉTAIT SI ABOMINABLE…
HAAA…
J'AI P'TÊT INTÉRÊT À LAISSER MES ENTRAILLES SE REPOSER.
ON VA CHANGER UN PEU DE REGISTRE…
HERBA
TCHAC
FLAP
GRILLEZ LÉGÈREMENT DES FEUILLES D'HERBA…
FLAP
PSHHH…
ET FAITES-LES BOUILLIR.
GLOP
HAAAAAAAAAA…
FIOUUU
B.B.B
RAPIDE !
Thé de feuilles d'Herba
EAU, HERBA.

NICKEL !
ME VOILÀ DE NOUVEAU FRAIS ET DISPOS !
ZRASH
DE LA BONNE BARBAQUE BIEN COPIEUSE RÔTIE À LA SAUVAGE, C'EST PAS MAL DU TOUT…
MAIS IL SERAIT TEMPS DE VARIER UN PEU LES PLAISIRS …
J'AI ENVIE D'UN PLAT EN SAUCE, MAINTENANT !
GROAAAAAAR
GRAOOO
BOUM
FLAP
FLAP
CRIC
CRAC
ZDOM
ZDOM
ZDOM
Un seul suffira, merci !
ZDOM
ZDOM

PFIOU…
HEUREUSEMENT QU'IL Y AVAIT UN POINT D'EAU PAS LOIN !
Y A PAS À DIRE, SI ON VEUT UN PLAT CHAUD QUI REMPLIT BIEN LA PANSE…
RIEN NE VAUT UN RAGOÛT !
AVEC DES OS DE BÊTE AUSSI COSTAUDS, UN ASSAISONNEMENT MINIMAL SUFFIRA LARGEMENT…
UN BOUILLON MÉDICINAL, COMME QUI DIRAIT !
SI JE FOURRE TOUS MES INGRÉDIENTS EN TROP DANS LA MARMITE…
J'ALLÈGE MES POCHES TOUT EN ENRICHISSANT LE GOÛT DU PLAT.
BLOP
PAF
BLOP
BLOP
TELLEMENT FASTOCHE !
MAINTENANT, PLUS QU'À LAISSER MIJOTER UN PETIT TEMPS !
PAF
PAF
B.B.B
Ragoût médicinal de gibier aromatisé à l'instinct
EAU, TRANCHES DE VIANDE (OURS), OS DE BÊTE (OURS), FOIE DE BÊTE (OURS), BAIES DE SORBIER, HERBA, SEL.

!
T'ES QUI, TOI ?
TU ME CHERCHES ?!
Woah !
FRASH
FROUSH
JE M'APPELLE BLAIDD.
JE VOULAIS SIMPLEMENT SAVOIR D'OÙ PROVENAIT CE FUMET SI APPÉTISSANT.
TU N'AS RIEN À CRAINDRE DE MOI.
HAAA
HAAA
JE NE PARVIENDRAI PAS À RÉPRIMER MES PULSIONS SAUVAGES BIEN LONGTEMPS EN PRÉSENCE DE CETTE SENTEUR…
ACCEPTERAIS-TU DE M'ACCORDER UNE BOUCHÉE DE TON PLAT AVANT QUE JE NE TE DÉCHIQUETTE À COUPS DE CROCS ?
だば
FLOTCH
T'AS INTÉRÊT À ME CAUSER MIEUX SI TU VEUX PAS QUE J'TE FASSE LA PEAU !
J'AI SUIVI L'ODEUR DEPUIS LES BOIS BRUMEUX, ET MES PAS M'ONT MENÉ ICI AVANT MÊME QUE JE ME RENDE COMPTE DE TOUT LE CHEMIN PARCOURU.
LE MOINS QU'ON PUISSE DIRE, C'EST QUE T'AS DU FLAIR !
Je viens de là-bas.
Pas étonnant, vu ta tronche !

IL FAUT DIRE QU'IL ÉTAIT PORTÉ PAR LE VENT, ALORS FORCÉMENT…
Kalé ! Comment vas-tu ?
JE POUVAIS SENTIR CE FUMET DEPUIS LE CŒUR DES BOIS, ALORS JE N'AI PAS PU M'EMPÊCHER DE REMONTER À SA SOURCE… VOUS COMPRENEZ ?
Oh ! Bien le bonjour, Blaidd !
ÇA VA, JE VOUS DÉRANGE PAS TROP, LES PIQUE-ASSIETTES ?!
GROUIIIIK
OOOH ! JE ME DISAIS BIEN QUE JE SENTAIS UNE ODEUR ALLÉCHANTE DANS LES PARAGES !
PUIS-JE ME JOINDRE À VOUS ?
QUEL BEAU RAGOÛT QUE VOILÀ !
GROUIIIIK
CE RAGOÛT, IL EST À MOI !
SI VOUS EN VOULEZ UNE PART À CE POINT-LÀ …
VA FALLOIR Y METTRE LE PRIX !
FRSH
FRSH
BIEN ENTENDU… ÉTANT MARCHAND DE MÉTIER, JE N'OSERAIS PAS VOUS DEMANDER UN SERVICE SANS OFFRIR UNE CONTREPARTIE.
J'AI JUSTEMENT DEMANDÉ À UN ASSOCIÉ DE ME FAIRE PARVENIR EN SECRET QUELQUE CHOSE DE SPÉCIAL POUR CE GENRE D'OCCASIONS …
QUE DIRIEZ-VOUS D'AJOUTER UNE PIERRE ANGULAIRE À CE MONUMENT DE LA GASTRONOMIE ?
VIANDE DE TORTUE EN SAUMURE
AVEC ÇA, ON SERA INFATI-GABLES !!!

DÉSOLÉ, JE N'AI RIEN DE TRÈS LUXUEUX À T'OFFRIR...
ACCEPTE DONC CES QUELQUES RUNES ET PIERRES DE FORGE EN GUISE DE PAIEMENT.
VOILÀ, C'EST ÇA QU'ON AIME ! ALLEZ, POSE-TOI.
BON, MARCHÉ CONCLU.
ASSIEDS-TOI.
JE VOUS PRÊTERAI AUSSI DE LA VAISSELLE POUR TROIS PERSONNES.
Mais c'est qu'ils se débrouillent en cuisine, les énergumènes !
J'ai ramené des bûches supplémentaires !
Comme la viande de tortue en saumure est très amère, mieux vaut la couper en petits morceaux.
SLUUURP
SUR CE...
RE-PRENONS.
B.B.B
Ragoût médicinal de gibier aromatisé à l'instinct (amélioré)
EAU, TRANCHES DE VIANDE (OURS), OS DE BÊTE (OURS), FOIE DE BÊTE (OURS), BAIES DE SORBIER, HERBA, SEL, VIANDE DE TORTUE EN SAUMURE.
NEW!

JE ...
JE N'AI JAMAIS RIEN MANGÉ D'AUSSI BON DE TOUTE MA VIE...
NOM DE NOM, QU'IL EST BON, CE BOUIL-LON !
SHAAA
ホカ
SHAAA
ホカ
じわぁ…
FIOUUUUUU
HMM, INTÉRES-SANT ...
POUR UNE VIANDE AVEC UN GOÛT AUSSI DOUX, ELLE TIENT DRÔLEMENT BIEN AU CORPS...
DE QUEL ANIMAL PROVIENT CETTE CHAIR ?
SI JE LUI DISAIS QUE C'ÉTAIT DU LOUP...
JE ME DE-MANDE COM-MENT IL RÉAGI-RAIT...
BLOUP
ブク
BLOUP
ブク
SPLAAAAAASH
!!!

DÉSOLÉ MON GROS, MAIS ON AFFICHE COMPLET !
JE M'EN CHARGE. POURSUIS TON REPAS EN PAIX.
LES RUNES QUE JE T'AI VERSÉES NE SONT PAS UN PRIX À LA HAUTEUR D'UNE TELLE SAVEUR. JE TE DÉDOMMAGERAI EN TRAVAILLANT.
SHLAAAC
Il faut dire qu'il a bien réduit.
Quel régal ! J'ai envie de boire tout le bouillon !
ZDAM
PLISH
PLISH
UNE IDÉE…
VIENT DE ME TRAVERSER L'ESPRIT.
ET SI ON AJOUTAIT UN DÉLICE DE PLUS…
À CE RAGOÛT DÉJÀ FAMEUX ?
ŒUFS DE CRABE
DIS DONC…
BLOP
ESPÈCE DE CORNIAUD…
MAINTENANT QU'ON A SORTI LA MARMITE, AUTANT EN PROFITER AU MAXIMUM, PAS VRAI ?
Tiens, garde les autres en souvenir.
!!!

T'ES UN GÉNIE, OU QUOI ?!
SLURP
MIOM
HMMM
SHAAAAAA
CE GOÛT À LA FOIS PROFONDÉMENT MOELLEUX ET PUISSANT DES ŒUFS DE CRABE...
ACCENTUÉ PAR LA DOSE D'AMERTUME IDÉALE QU'APPORTE LA VIANDE DE TORTUE EN SAUMURE...
CE MARIAGE ENTRE L'ARÔME DU BOUILLON ET LE PARFUM DE LA MER EST TOUT BONNEMENT DIVIN !
À MON AVIS, LES CRABES GÉANTS RISQUENT DE NE PAS ÊTRE LES SEULES CRÉATURES ALLÉCHÉES...
PAR CETTE ODEUR ...
ZRASH
ZRASH
BRAOUUUM

VOUS CROYEZ QUE LES DRAGONS ...
Aaah ...
あーん
GWAAAAAA
AIMENT LE RAGOÛT ?
SBROM
DISPER-SIOOON !!!

C'EST CLAIREMENT APRÈS NOTRE AMI QU'IL EN A…
ROAAAAR
DOM DOM DOM DOM DOM DOM DOM
ouah !
JE NE CONNAIS PAS LES PRÉFÉRENCES ALIMENTAIRES DES DRAGONS VOLANTS…
MAIS AVEC TOUS LES INGRÉDIENTS QU'IL PORTE SUR LUI, CET HOMME DÉGAGE SANS DOUTE L'ODEUR LA PLUS ALLÉCHANTE DE NOUS TROIS.
Puisse-t-il en réchapper…
HAAAA
HAAAA
J'AI BEAU COURIR COMME UN DÉRATÉ, JE RESTE FRAIS COMME UN GARDON !
DÉCIDÉMENT, Y A RIEN DE MIEUX QUE LA VIANDE DE TORTUE POUR CONSERVER SON ENDURANCE !
MAIS C'EST PAS LE MOMENT DE M'EXTASIER SUR SES PROPRIÉTÉS NUTRITIVES !
HUUUF
…
HUUUF PFUUU
ÇA VAUT PAS LE COUP DE PRENDRE DE TELS RISQUES…
JUSTE POUR DE LA BONNE BOUFFE…
HUUUF
HUUUF
JE VEUX RENTRER À LIURNIA…
PFUUU
PFUUU
C'EST QUAND MÊME PLUS CALME LÀ-BAS…
Allez, retournons au travail.
Au plaisir de vous revoir !
MAINTENANT QUE J'Y REPENSE…

JE L'AI COMPLÈTEMENT OUBLIÉE, ELLE…
CETTE DRÔLE DE DONZELLE QUI M'A DEMANDÉ DES FRUITS À L'ALLER…
Donnez-moi…
Des bons fruits !
LA PLUPART DES FRUITS POUSSENT SUR LES ARBRES, NON ?
J'AI BEAU AVOIR VOYAGÉ UN PEU PARTOUT, J'AI RIEN VU QUI RESSEMBLAIT À LA DESCRIPTION QU'ELLE M'A FAITE…
SOIT ELLE DÉLIRAIT, SOIT ELLE M'A RACONTÉ DES BOBARDS…
À MOINS QUE JE SOIS PASSÉ DEVANT SANS LES REMARQUER…
TOC
SI ÇA SE TROUVE, J'AURAIS PLUS DE CHANCE EN LES CHERCHANT PAR TERRE…
OH !
UN FRUIT !
HEIN ?
EUH… AT-TENDS …
C'EST VRAIMENT UN FRUIT, CE MACHIN ?

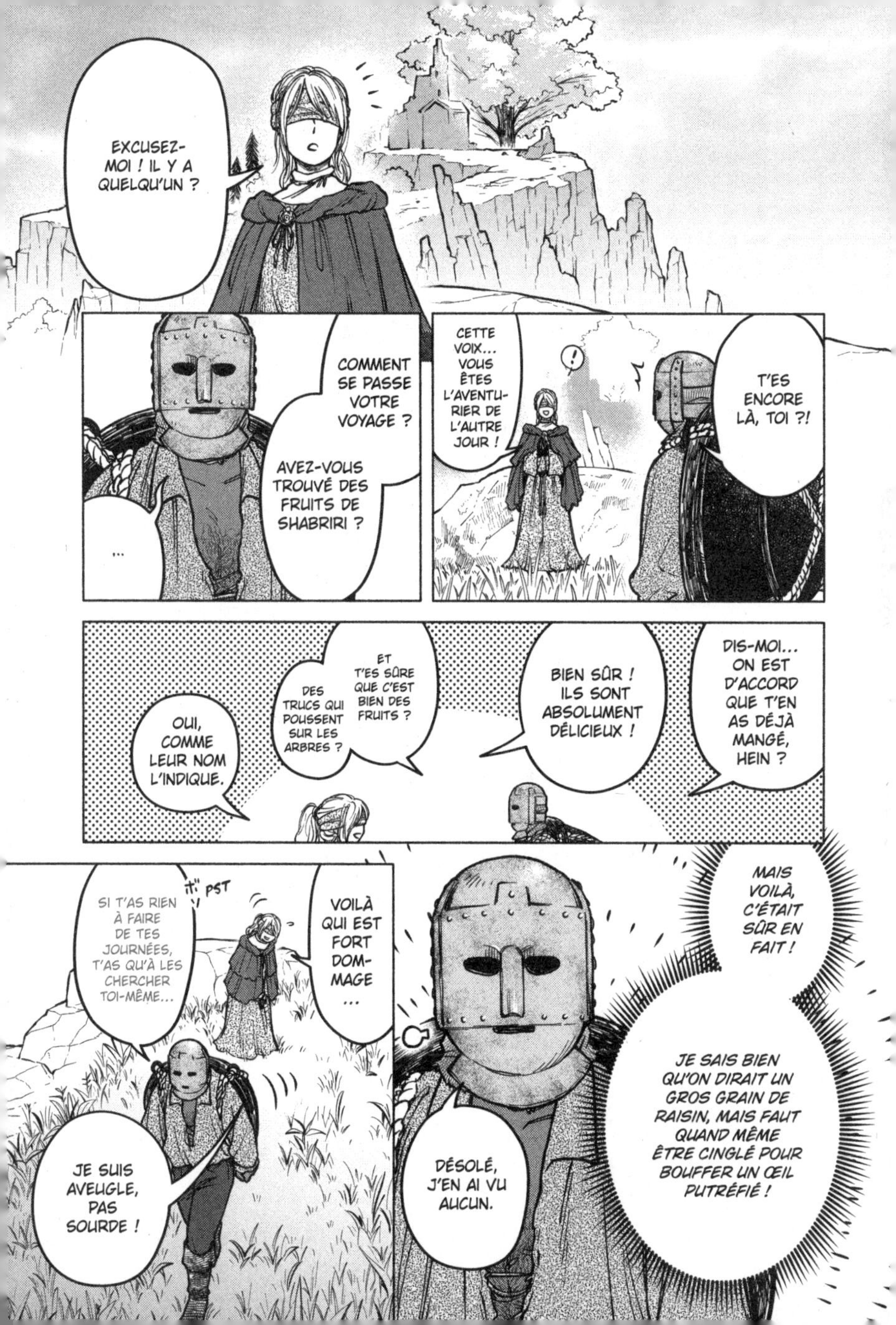
EXCUSEZ-MOI ! IL Y A QUELQU'UN ?
T'ES ENCORE LÀ, TOI ?!
CETTE VOIX… VOUS ÊTES L'AVENTURIER DE L'AUTRE JOUR !
COMMENT SE PASSE VOTRE VOYAGE ?
AVEZ-VOUS TROUVÉ DES FRUITS DE SHABRIRI ?
…
DIS-MOI… ON EST D'ACCORD QUE T'EN AS DÉJÀ MANGÉ, HEIN ?
BIEN SÛR ! ILS SONT ABSOLUMENT DÉLICIEUX !
ET T'ES SÛRE QUE C'EST BIEN DES FRUITS ?
DES TRUCS QUI POUSSENT SUR LES ARBRES ?
OUI, COMME LEUR NOM L'INDIQUE.
MAIS VOILÀ, C'ÉTAIT SÛR EN FAIT !
JE SAIS BIEN QU'ON DIRAIT UN GROS GRAIN DE RAISIN, MAIS FAUT QUAND MÊME ÊTRE CINGLÉ POUR BOUFFER UN ŒIL PUTRÉFIÉ !
DÉSOLÉ, J'EN AI VU AUCUN.
VOILÀ QUI EST FORT DOMMAGE…
SI T'AS RIEN À FAIRE DE TES JOURNÉES, T'AS QU'À LES CHERCHER TOI-MÊME…
PST
JE SUIS AVEUGLE, PAS SOURDE !

J'AI PAS PU M'EMPÊCHER DE REVENIR ICI...
MAIS LE PROBLÈME, C'EST QU'IL Y A PAS GRAND-CHOSE À SE METTRE SOUS LA DENT DANS LES PARAGES...
J'AI BEAU M'AVENTURER DANS UN COIN DE LA RÉGION QUE JE VISITE PAS TROP D'HABITUDE, RIEN M'INSPIRE...
P'TÊT QUE JE POURRAIS TESTER LA PIEUVRE ?
MAIS BON, ELLES SONT TROP FATIGANTES À VAINCRE...
FRSH
JE M'ATTENDAIS PAS À TROUVER UNE CABANE DANS UN ENDROIT PAREIL...
!

CE… C'EST…
UNE RAVIOLE… DE VIANDE CRUE ?
RAVIOLE DE VIANDE CRUE
…
…
J'EN AI DÉJÀ ENTENDU PARLER, MAIS C'EST LA PREMIÈRE FOIS QUE J'EN VOIS UNE.
PARAÎT QUE C'EST GOÛTU…
MAIS LE TRUC, C'EST QUE…
JE VOIS MÊME PAS QUEL GENRE DE VIANDE C'EST !
J'AI BEAU RETOURNER LE PROBLÈME DANS TOUS LES SENS…
MA RAISON ME SUPPLIE DE PAS Y TOUCHER…
RAAAH…
MAIS MON INSTINCT, LUI…
ME CRIE DE TENTER L'AVENTURE !

C'EST …
CETTE TEXTURE ET CETTE ODEUR ON NE PEUT PLUS DOUTEUSE QUI ME PIQUE LE NEZ…
À MI-CHEMIN ENTRE LA MATURATION ET LA PUTRÉFACTION …
ME DISENT QUE SI JE VEUX MANGER CETTE RAVIOLE, C'EST MAINTENANT OU JAMAIS !
PLATCH
PLATCH
SLOP
C'EST TROP BON …
QUEL RÉGAL !
QUEL FESTIN !
GNOM
GNOM
RAAAH… SI JE CONTINUE À BOUFFER, J'EN AURAI MOINS POUR APRÈS.
MAIS J'AI ENCORE ENVIE DE MORDRE DEDANS…
RIEN QU'UNE DERNIÈRE BOUCHÉE …
TILT
AH, J'OUBLIAIS !
FRSH
C'EST VRAI QU'IL ME RESTE…
DES PETITS DÉLICES …

B.B.B
Raviole de viande crue et œufs de crabe façon Yukhoe
RAVIOLE DE VIANDE CRUE, ŒUFS DE CRABE, UNE PINCÉE DE SEL.
FLOP
C'EST COMME DE LA VIANDE QU'ON PEUT BOIRE...
HAM
SLUUURP
GROUIIIX
BLOOOORP
FWIP
Ha ha...
JE SENS QUE JE VAIS DEVENIR ACCRO...
Y EN A ENCORE COMBIEN ?
J'AI INTÉRÊT À TOUTES LES BOUFFER AVANT QUE QUELQU'UN VIENNE ME LES PIQUER...

ELLE ÉTAIT COMPLÈTEMENT AVARIÉE !
Uuuh...
Gnnn...
URGH
C'ÉTAIT PLUS DU TOUT LE MOMENT DE LA MANGER, EN FAIT !
QU... QUAND MÊME...
(HAA)
C'EST VRAI QUE J'ME SUIS RÉGALÉ, MAIS...
(HAA)
C'EST UN PRIX BIEN TROP LOURD À PAYER...
POUR UN SIMPLE GUEULE-TON...
(HAA)
(FRSH)
GNOM
HAAA
HAAA
AU... AU SE-COURS...
J'AI PLUS AUCUNE FORCE...
MES ENTRAILLES CONSIDÈRENT SÛREMENT CETTE VIANDE COMME UN POISON...
BOULETTE ANTIDOTE
HAAA
À BIEN Y RÉFLÉCHIR, J'EN VOIS DE TOUTES LES COULEURS DEPUIS MON DÉPART...
ALORS QUE MOI, TOUT CE QUE JE VOULAIS...
C'ÉTAIT MANGER DE LA VIANDE... ME FAIRE DES BONS PETITS PLATS...
ELLE M'EN A FAIT VOIR DES VERTES ET DES PAS MÛRES, CETTE RAVIOLE !
POF
J'EN BOUFFERAI PLUS JAMAIS !

J'SUIS QU'UNE VULGAIRE CANAILLE. C'EST PAS COMME SI JE VOULAIS DEVENIR SEIGNEUR D'ELDEN.
ET J'AI COMME L'IMPRESSION QUE LE JEU EN VAUT PAS LA CHANDELLE.
C'EST VRAI QUE TOUTES LES VIANDES QUE J'AI GOÛTÉES ÉTAIENT DÉLICIEUSES...
MAIS BON, EST-CE QUE ÇA VALAIT LE COUP D'EN BAVER AUTANT ? EST-CE QUE JE SUIS PRÊT À SOUFFRIR D'AIGREURS D'ESTOMAC INTERMINABLES...
JUSTE POUR POUVOIR MANGER DE LA BIDOCHE TOUS LES JOURS ?
ア
FSHHHHHH
ア
ア
む
く
FWUP
JE SAIS CE DONT J'AI VRAIMENT ENVIE...
AUJOURD'HUI COMME HIER...
DEMAIN COMME APRÈS-DEMAIN...
D'UNE VALEUR SÛRE...
QUI SERA TOUJOURS DÉLICIEUSE...

J'AI PRÉPARÉ CE PLAT UN NOMBRE INCALCULABLE DE FOIS.
JE POURRAIS AJOUTER LA BONNE DOSE DE SEL LES YEUX FERMÉS.
UNE FOIS QU'ELLES SONT BIEN ROUGES...
JE SAIS QU'IL EST TEMPS DE PASSER À TABLE.
EN PLUS, ICI, Y A PERSONNE POUR ME DÉRANGER.
CRIC CRAC
CRIC
B.B.B
Crevettes bouillies
CREVETTES (ÉCREVISSES), SEL.

…
SHRAC
SLURP
PSHHHHHH
ホワァ
…
CRONCH
SHRIC
MIOM
AAAH… J'AI PIGÉ, MAINTENANT…
ÇA SERVAIT À RIEN DE SE PRENDRE LA TÊTE…
RIEN NE VAUT LA SIMPLICITÉ
CETTE CHAIR À LA FOIS TENDRE ET FERME QU'ON CROIRAIT SENTIR DANSER EN BOUCHE…
CETTE SAVEUR PAS TROP PRONONCÉE, MAIS DOUCE ET RÉCONFORTANTE…
CE JUS ABONDANT QUI PÉNÈTRE LES PROFONDEURS DE MON ÂME…

HA !
J'AVAIS OUBLIÉ …
À QUEL POINT C'ÉTAIT GOÛTU…
BON… MAINTENANT, PLUS LA PEINE DE RUMINER.
AU MOINS, J'AI RESSENTI DANS MA CHAIR TOUTES LES QUALITÉS GUSTATIVES DE CES PETITES BÊTES.
MON VOYAGE N'AURA DONC PAS SERVI À RIEN.
Chaud
EN Y REPENSANT, J'AVAIS BEAU DIRE QUE J'EN AVAIS MARRE…
LA SEULE CHOSE QUE JE POUVAIS BOUFFER CHAQUE JOUR QUI PASSE…
QUAND J'ÉTAIS AU BOUT DU ROULEAU…
ET QUE J'AI EU ENVIE DE MANGER À NOUVEAU…
C'ÉTAIT DES CREVETTES.
À PRÉSENT, J'EN AI LE CŒUR NET !

— Fin du chapitre 2 —

CUISINONS AVEC GROS BOGGART
IL FAUT LAVER SA MARMITE DE TEMPS EN TEMPS !

— Chapitre 3 —
よち PWIF
よち PWIF
GNAP ぬ
よち PWIF
よち PWIF

KWIK
KWIK
ぬ゛ぬ゛ぬ゛
GNNNNNN
ZAAAAAAAAASH
Chapitre 3.
Le Monde des animaux
Le Journal de voyage
du lièvre sauteur
IIIK
IIIK
キィィ
IIIIIIIIIIIK

?
?
PWOF...
PWOF...

ZRASH
GROAR
KWIK
FRASH
FFH
HUF
FFH
HUF
STAP
STAP
STAP

ZASH
ZASH
ZASH
ZASH
WHOOOOOOSH

サク…
FRISH
アオーン…
AOUUUUUUH
アオーン…
AOUUUUUUH

サク
FRASH
FFH
FFH
HUF
HUF
キィ
IIIK
!
IIIK
キッ
IIIK
キィッ
ぱ
FWIP
KWIII

ZIOUM
WIIIF
FWOOOSH
PIIIIII

?!
む
TCHAC ん
ず
?!
ヒュ
VIUUUUUUU
オ
VIUUU
オ
オ
オ
♪
ガ
GLOUPS
ン
キ
IIIIIIK
ピー
PIII
ヒョロー
PIUUU

PIIIIII
?!
BWOOOOOOOOOM

ZZZ...
バ
FWOOSH
ザッ
ベ
ち
SBLAM
っ
?
!!
ド
SPLARF
SPLARF
KWIK
ガ
KWIK
ザ
FRASH
KWIK
フラ
FLOP
フラ
FLOP

!
FROUSH
?
ぬ
DOOOM
?
?
ZIOUM
ばっ
?
ぬ
DOOOM
!!!
?!

?
?!
?!
?!!
...!!!
?
?
ZDAM
ZWIP
ZRASH
BAM
ROL
ROL
BOUM
ZWOOOOOOM
?
?
SHHHHHH

FSHHHHHH
FWIP
ひょ
こ
もに
SNUF
もに
SNUF

?
SNUUURF
....?
ZIOUM
!!
FRASH
FROUSH
BWOM
BWOM
?!
KWIII
...

?
は
BLA
た
BLA

SNIF すん
すん SNIF
?
?
!
キーッ IIIK
キィッ IIIK
…?!
GRAP むんず
?!
きゅ… KWIII
SNIIIF しお

バ
SPLASH
シャ
ド
CATACLOP
CATACLOP
?!
?!
ド
CATACLOP
CATACLOP

?
?!
FLAP
WOOOSH
FLAP
VIUUU
?
VIUUU
FWOOOOOOOSH

KRIIIIIIIIIIIIIIIIIIIIII
!!
ZLAAASH

IIIK
WOUSH
ZRAAASH
PSHT !
PSHT !
KWIK

と
っ POF
くVRISH
くVRISH
ぷ
る
る
BRRRRRR
る
SNIF すん
TILT
すん SNIF
!

すん… SNIF
すん SNIF
ZIOUWM
WOUUUSH
WOUUUSH

ZDOOOM

?!
すん
SNIF
?
すん
SNIF
?
?
♡

[redacted]
[redacted]

!
!
すん SNIF
すん SNIF
すん SNIF
!!
すん SNIF
すん SNIF
!!
すん SNIF
すん SNIF
すん SNIF
?!
すん SNIF
すん…

GRRR
GRRR

すん
SNIF
すん
SNIF
すん
SNIF
SNIF
すん

!
!
SNIF すん…
すん SNIF
!
!
!!
すん
すん SNIF
すん SNIF
すん SNIF
すん SNIF
すん SNIF
すん SNIF
すん SNIF

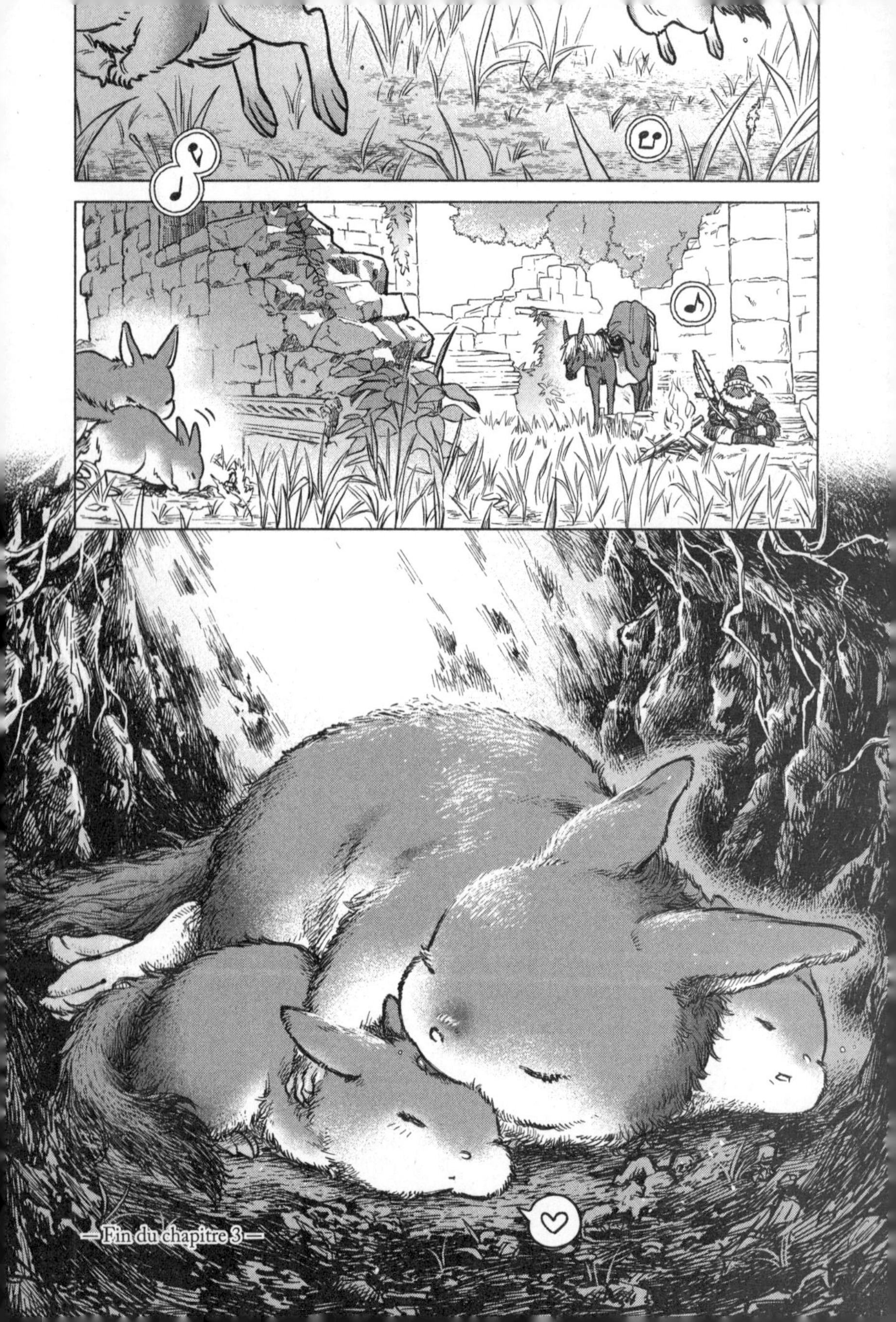
— Fin du chapitre 3 —

— Chapitre 4 —
LE MONDE DE CORHYN
LE JOURNAL D'OBSERVATION DU NOBLE MASQUE D'OR
UNE AVENTURE DE CORHYN LE SCRIBE !
?
ENFIN… JE L'AI ENFIN TROUVÉ…
CE GRAND ÉRUDIT QUI OBSÈDE MES PENSÉES ET M'EST APPARU EN RÊVE…
LE NOBLE MASQUE D'OR !

Il va falloir s'armer de patience

Il doit sans doute prendre des mesures

Il doit sans doute être un perchoir

Il doit sans doute être fatigué

Il doit sans doute se reposer

Il doit sans doute le faire exprès

— Fin du chapitre 4 —

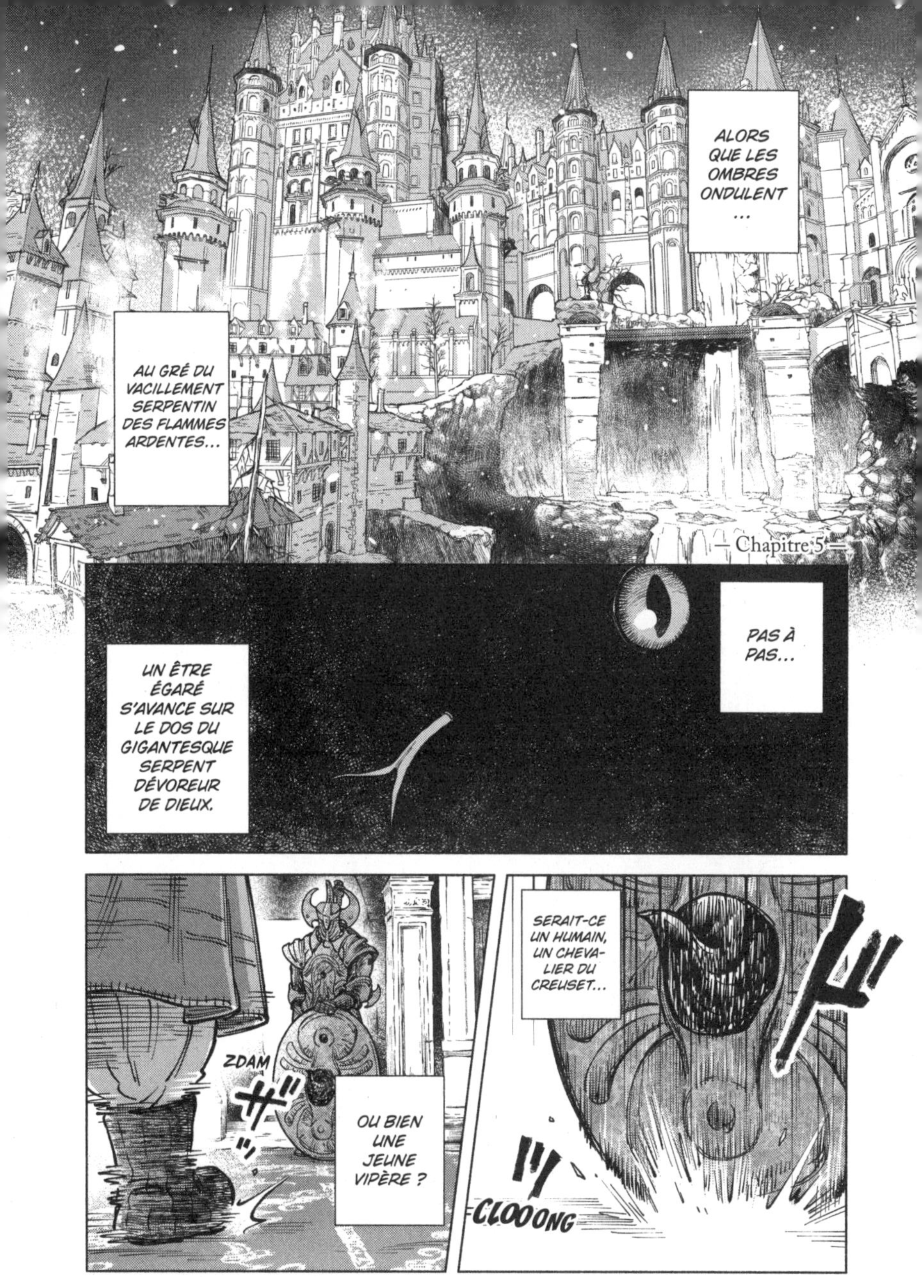
ALORS QUE LES OMBRES ONDULENT…
AU GRÉ DU VACILLEMENT SERPENTIN DES FLAMMES ARDENTES…
— Chapitre 5 —
PAS À PAS…
UN ÊTRE ÉGARÉ S'AVANCE SUR LE DOS DU GIGANTESQUE SERPENT DÉVOREUR DE DIEUX.
SERAIT-CE UN HUMAIN, UN CHEVALIER DU CREUSET…
CLOOONG
OU BIEN UNE JEUNE VIPÈRE ?
ZDAM

— Chapitre 5 —
Le Monde de Rya
La Fleur qui s'épanouit dans les flammes
VOUS, LÀ-BAS ! LAISSEZ-MOI ALLER JOUER DEHORS !
FWIP
RYA LA FUTURE RECRUTEUSE

CHEVALIER DE TANITH
RAAAAAAH
…
LAISSEZ-MOI SORTIIIIIR !
RAAAAAAH
JE M'ENNUIE À MOURIIIIIIR !
RAAAAAAH
Waaah !
C'EST PAS DRÔLE DU TOUUUT !
WOUSH
À L'AIIIDE ! AU SE-COUUURS !
WOUSH
WOUSH
Fiouuu …
POF
HA-YAAAH !
SHLIIING
HIII
À QUOI RIME CECI ?!
PAUVRE IMBÉCILE !

IL ME SEMBLE T'AVOIR ORDONNÉ DE GARDER UN ŒIL SUR MA FILLE PENDANT QUE JE TRAVAILLE !
ET NON PAS DE LA MENACER DE TA LAME !
TANITH
LA DAME DU DU MANOIR DU VOLCAN
ME SUIS-JE BIEN FAIT COM-PRENDRE ?
BRRR
MÈRE ! AVEZ-VOUS FINI VOTRE TRAVAIL ?
JE VOUDRAIS JOUER AVEC VOUS !
ALLONS DEHORS !

TU TE SOUVIENS DE LA PROMESSE QUE JE T'AI FAITE ?
QUAND TU SERAS GRANDE, TU POURRAS SORTIR DU MANOIR.
MAIS PAS AVANT, CAR LE MONDE EXTÉRIEUR REGORGE DE DANGERS.
EST-CE QU'ON PEUT LIRE UNE HISTOIRE, ALORS ?
OU DESSINER ?!
MA JOURNÉE EST ENCORE LOIN D'ÊTRE TERMINÉE, TU SAIS.
JE SERAI DE RETOUR POUR LE DÎNER.
EN ATTENDANT, SOIS BIEN SAGE, D'ACCORD ?
AH... EUH... DANS CE CAS...
JE VIENS TRAVAILLER AVEC VOUS !
!
JE TE L'AI POURTANT RÉPÉTÉ MAINTES FOIS...

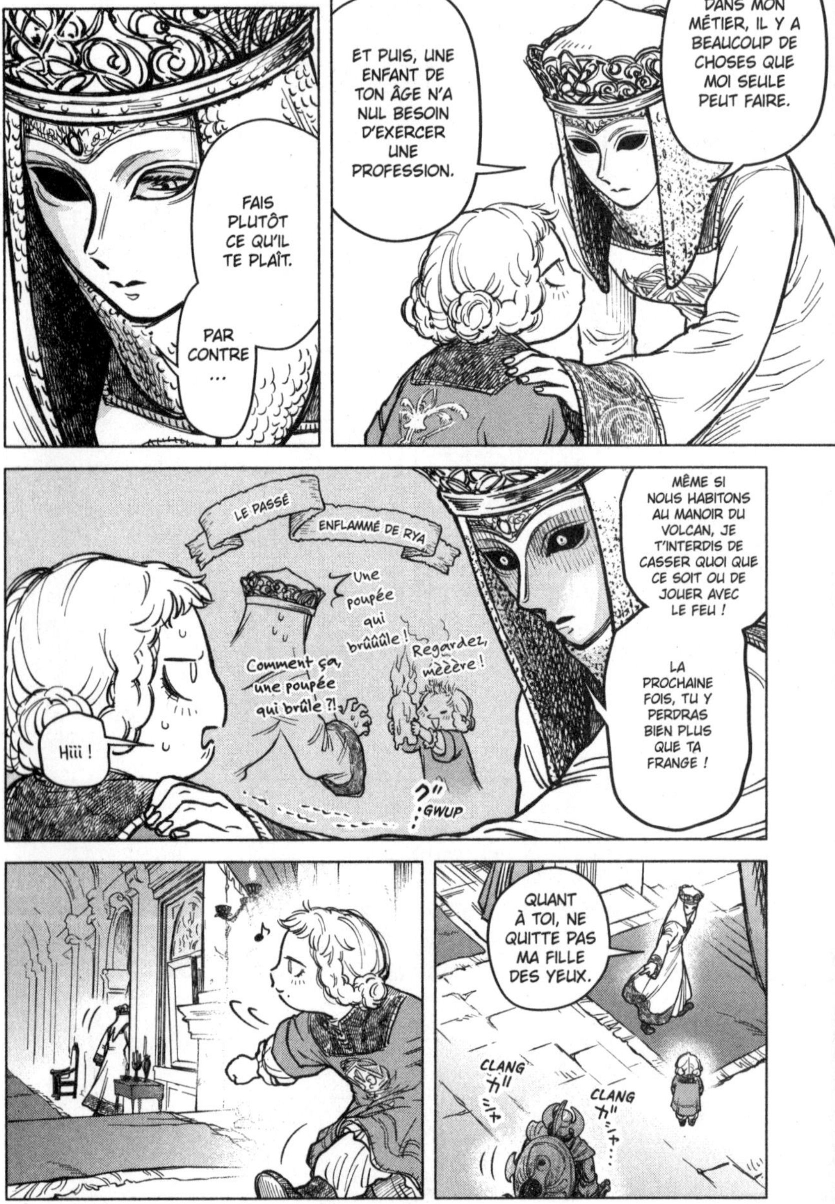
DANS MON MÉTIER, IL Y A BEAUCOUP DE CHOSES QUE MOI SEULE PEUT FAIRE.
ET PUIS, UNE ENFANT DE TON ÂGE N'A NUL BESOIN D'EXERCER UNE PROFESSION.
FAIS PLUTÔT CE QU'IL TE PLAÎT.
PAR CONTRE ...
MÊME SI NOUS HABITONS AU MANOIR DU VOLCAN, JE T'INTERDIS DE CASSER QUOI QUE CE SOIT OU DE JOUER AVEC LE FEU !
LA PROCHAINE FOIS, TU Y PERDRAS BIEN PLUS QUE TA FRANGE !
LE PASSÉ ENFLAMMÉ DE RYA
Une poupée qui brûûûle !
Regardez, mèèère !
Comment ça, une poupée qui brûle ?!
Hiii !
GWUP
QUANT À TOI, NE QUITTE PAS MA FILLE DES YEUX.
CLANG
CLANG

JE DOIS ÊTRE SAGE...
POUR FAIRE PLAISIR À MÈRE !
JE DEMANDERAI À MÈRE DE ME LE LIRE PLUS TARD...
Tra-laliii !
Tralalaaa !
La la li...
La laaa !
J'AURAIS DÛ FAIRE UN DESSIN PLUS GRAND !
Ça, c'est mèèère...
Et ça, c'est moiii...

ZDOM
Tu m'auras paaas !
Kya ha ha !
ZDOM
KYA
HA
HA
BLONG
BLING
ZDOM
ZDOM
CLANG
SHLANG
SHPAF
DOM
YOU-HOUUU !
DOM
DOM
Hi hi hi !
TCHAC
CLAAANG
Ha ha ha ha ha!
CLOOONG
SCRAAASH
Ouaaaah!
BLIIING
Kya ha ha!
SHRAAAC

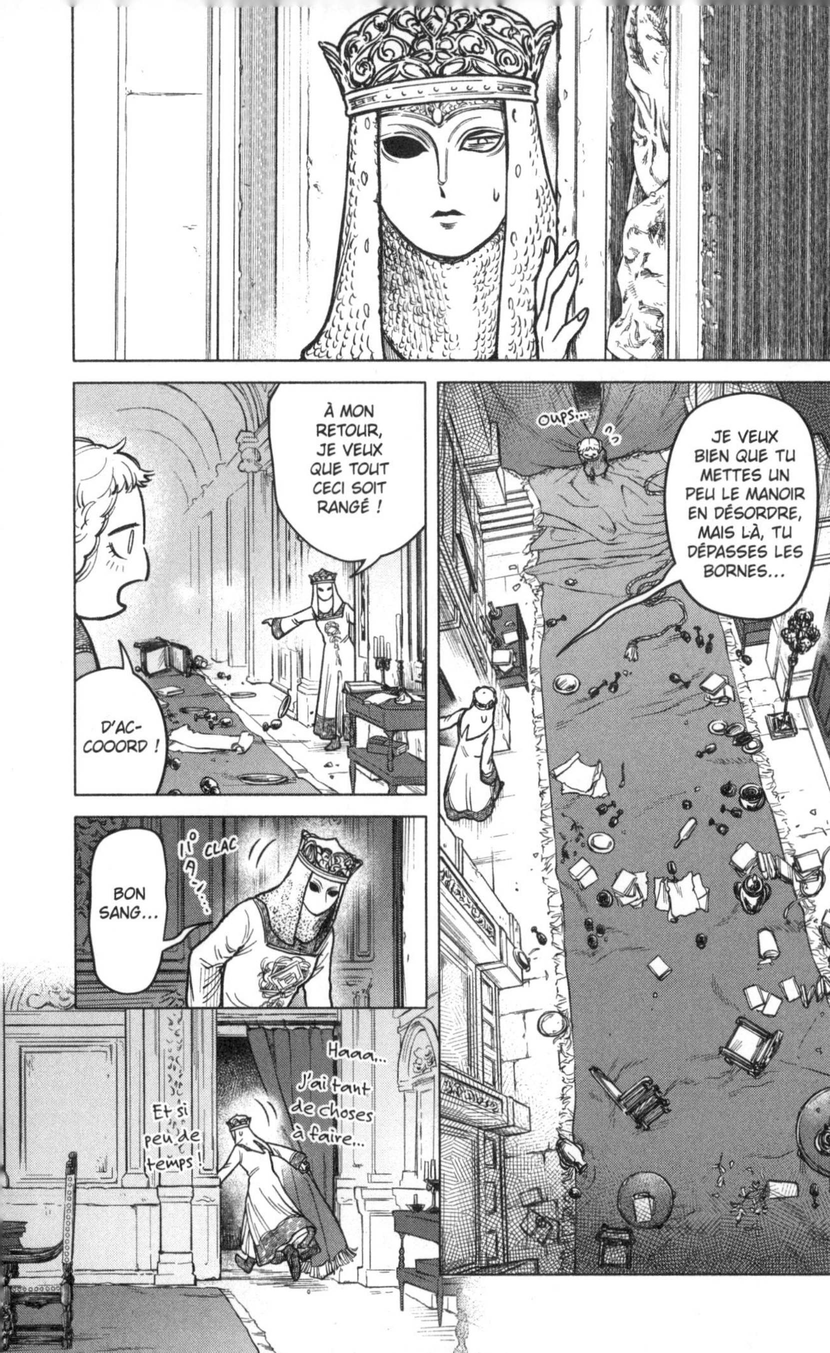
Oups...
JE VEUX BIEN QUE TU METTES UN PEU LE MANOIR EN DÉSORDRE, MAIS LÀ, TU DÉPASSES LES BORNES...
À MON RETOUR, JE VEUX QUE TOUT CECI SOIT RANGÉ !
D'AC-COOORD !
CLAC
A-ah...
BON SANG...
Haaa...
J'ai tant de choses à faire...
Et si peu de temps !

C'EST PARTI POUR LE MÉNAGE !
JE VAIS REMETTRE CHAQUE CHOSE À SA PLACE !
COMME JE ME RESSER-VIRAI DE ÇA PLUS TARD…
JE VAIS TOUT RANGER DANS CE MEUBLE !
ENSUITE, JE MONTE SUR CETTE CHAISE…
CRIII
POUR FAIRE UNE PETITE PAUSE !
GLOP
GLOP
ET JE VERSE UN VERRE D'EAU À MÈRE…
POUR TOUT À L'HEURE !
SPLASH
CLANG
CLING
Ça, ça va iciii…
SCRAAASH
ZRRRRRR
Et ça, ça va làààà…
…
BOUM
BLING
CRIIIIIK

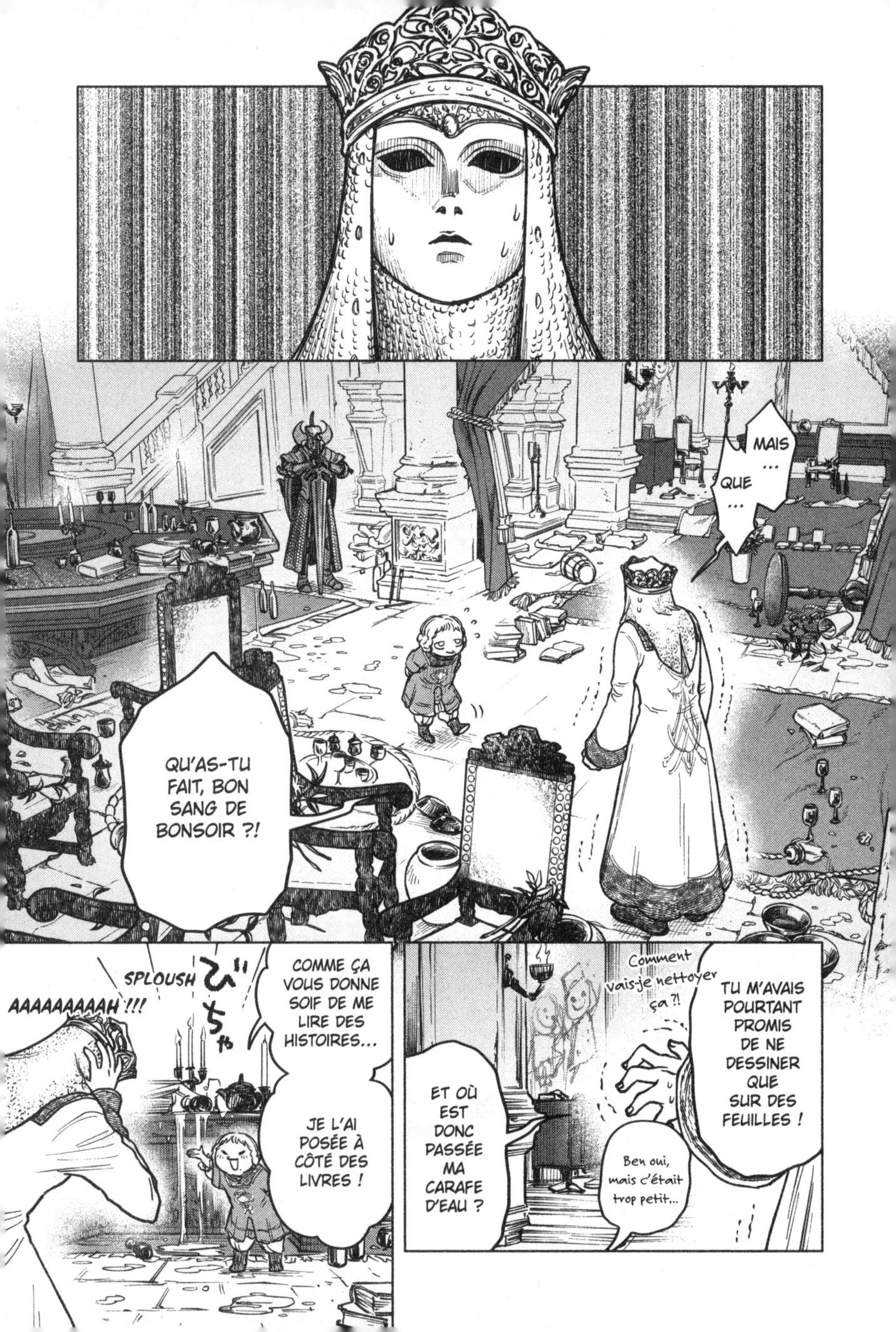
MAIS … QUE …
QU'AS-TU FAIT, BON SANG DE BONSOIR ?!
TU M'AVAIS POURTANT PROMIS DE NE DESSINER QUE SUR DES FEUILLES !
Comment vais-je nettoyer ça ?!
Ben oui, mais c'était trop petit…
ET OÙ EST DONC PASSÉE MA CARAFE D'EAU ?
JE L'AI POSÉE À CÔTÉ DES LIVRES !
COMME ÇA VOUS DONNE SOIF DE ME LIRE DES HISTOIRES…
SPLOUSH
びちゃ
AAAAAAAAAH !!!

JE VAIS REMETTRE LA CARAFE À SA PLA…
NON !
ARRÊTE !
IL SUFFIT !
DÉSOLÉE…
Aaah ! Il y a de la peinture sur les verres réservés aux invités !
Il n'y avait pas une chaise ici, avant ?!
OUPS…
MAIS…
ÉCOUTE-MOI BIEN, RYA.
NE TOUCHE PLUS À RIEN…
ET VA DANS TA CHAMBRE.
J'AI DÉJÀ UNE MONTAGNE DE CHOSES À FAIRE.
ALORS, PAR PITIÉ, ÉVITE DE ME RAJOUTER ENCORE PLUS DE TRAVAIL…
TAP
TAP

ばた STAP ばた STAP ばた STAP
MAIS D'OÙ VIENT CETTE EAU ?
AAAH ! MON VASE !
LA FLEUR EST COMPLÈTEMENT FICHUE…
J'AURAIS PRÉFÉRÉ…
FAIRE MOINS DE BÊTISES…
ET QUE MÈRE NE SOIT PAS FÂCHÉE…

QUEL DOMMAGE… SA COULEUR ÉTAIT SI BELLE…
JE N'AI PLUS QU'À EN TROUVER UNE NOUVELLE, À PRÉSENT.
…
HI HI HI …
SPLIIISH

IL EST VRAI…
QUE JE ME SUIS MONTRÉE ÉMOTIVE PLUS QUE DE RAISON.
…
UNE TELLE CONDUITE EST INDIGNE DE LA MAÎTRESSE DU MANOIR DU VOLCAN …
TOC
TOC
J'AIMERAIS AVOIR UNE PETITE DISCUSSION AVEC TOI…
PEUT-ÊTRE L'AI-JE REPOUSSÉE UN PEU TROP RUDEMENT.
SHHHHHH
L
W…

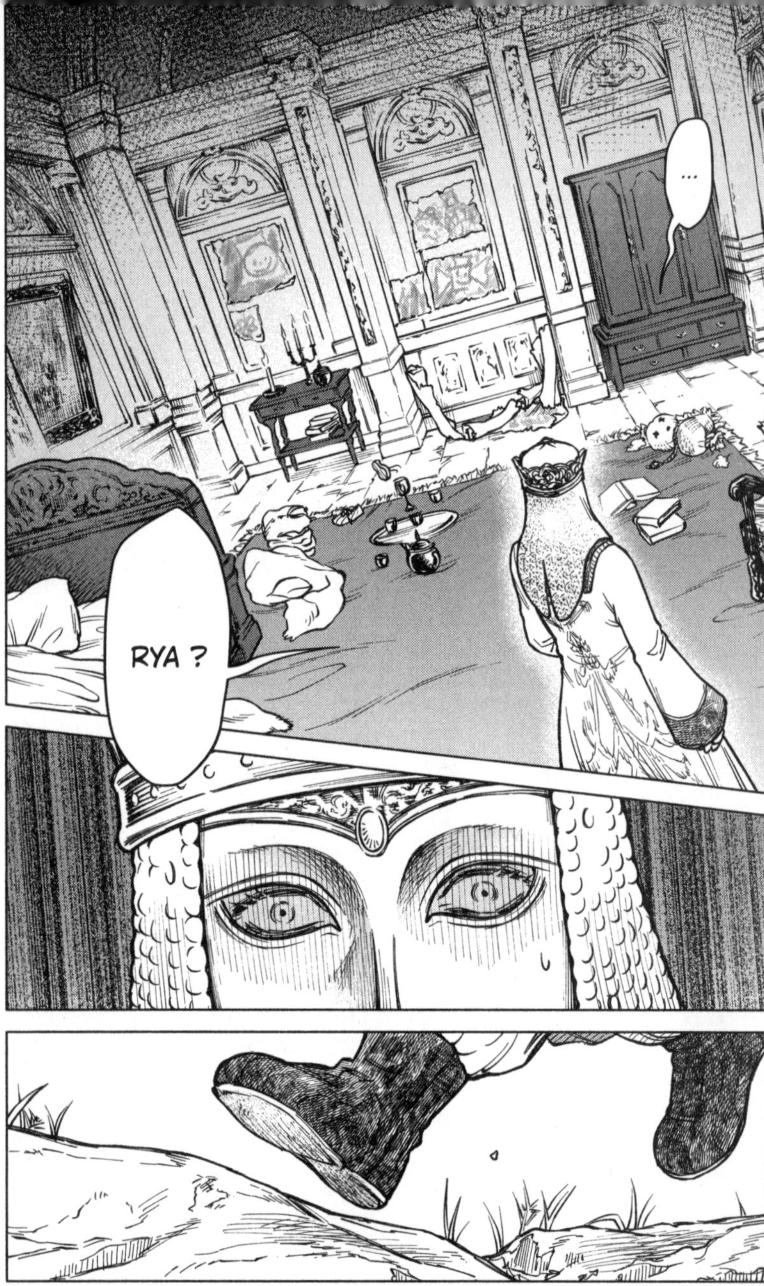
...
RYA ?

EXCUSEZ-MOI...
JE NE FAIS QUE PASSER ...
OH...
!
OÙ SONT LES FLEURS ...
QUE DES HERBES !
JE N'EN VOIS PAS ICI !
ET LÀ NON PLUS !
CRIC
Rien !
Encore rien !
Toujours rien !

CLING
CLANG
Ah !
Ah !
VIUSH
CLING
ENCHANTÉE ...
HEIN ?
?
?!
ZWOUSH
ZWOUSH
OUAH !
Ah !
Waaah !
ZWOUSH
ZLASH
!!!
Hiii !
ZWOUSH
SHLIIIIIING

SHRAAAC
ZDOOOM
Ah !
Waaah !
CLANG
CLANG
Oups !
Il m'a trouvée...

CLANG
CLANG
VOUS SAVEZ...
J'AVAIS QUELQUE CHOSE DE TRÈS IMPORTANT À FAIRE À L'EXTÉRIEUR, ALORS...
S'IL VOUS PLAÎT, NE DITES RIEN À MÈRE...
SPLARF
OUILLE !
...
PFIOU
Hi hi...
Euh...
EN FAIT, MÈRE...
JE SUIS ALLÉE DEHORS SANS VOTRE PERMISSION, MAIS...

ES-TU INCAPABLE DE RESPECTER MÊME LA PLUS SIMPLE DES PROMESSES, ZORAYAS ?!
NON CONTENTE DE N'EN FAIRE QU'À TA TÊTE AU SEIN DU MANOIR...
TU OSES PROFITER D'UN INSTANT D'INATTENTION DE MA PART POUR EN SORTIR ALORS QUE TU NE PEUX MÊME PAS TE DÉFENDRE TOUTE SEULE ?!
NON MAIS JE RÊVE !
N'EN AURAS-TU DONC JAMAIS ASSEZ DE ME CAUSER DU SOUCI ?!
MAIS... ATTENDEZ...
JE SUIS ALLÉE DEHORS POUR...
JE N'AI QUE FAIRE DE TES EXCUSES !
GLOUPS

TU AS CÉDÉ À LA TENTATION...
ET ENFREINT LA RÈGLE QUE TU DEVAIS RESPECTER !
TU ES NÉE AU MANOIR DU VOLCAN, ET TU Y GRANDIRAS !
TU RESTERAS DONC DANS TA CHAMBRE JUSQU'À PRENDRE PLEINEMENT CONSCIENCE DE LA GRAVITÉ DE TON COMPORTEMENT !
Hic...
Guh...
Aaah...
Hic...
Uuuu-uuh...
Snif...
De toute façon...
WAAA AAAH !
Vous seriez plus heureuse sans moiiiiii !
MAIS NON...
Bou-houuu !
JE N'AI RIEN DIT DE TEL, VOYONS...
Vous mentee-eeeez !

VOUS ÊTES TOUJOURS EN COLÈRE CONTRE MOI...
ET VOUS ÊTES JAMAIS CONTENTE QUAND JE SUIS AVEC VOUS !
Hic !
C'EST POUR ÇA QUE...
PLIC
Snirf !
VOUS TRAVAILLEZ TOUT LE TEMPS !
PARCE QUE VOUS M'AIMEZ PAS !
PLOC
VOUS ME DÉTESTEZ ...
PARCE QUE JE SUIS PAS COMME VOUUUS !
... RYA ...
C'EST FAUX ...
ALLONS, CALME-TOI ...
ZORAYAS !
Bou-houuu !
OUIIIIIIIIN !
WAAA-AAAH !
ZORAYAS, ÉCOUTE-MOI...
NON !
PLAF

ZORAYAS !
BOUUU-UUUH !
ZASH
SBLONG
JE M'EN FICHE !
JE VOUS AIME PLUS, D'ABORD !
JE VEUX PLUS VOUS VOIIIR !
CLAAANG
BOM
BOM
PLUS JAMAIIIS !
ET JE VEUX PLUS QUE VOUS ALLIEZ DANS VOTRE BUREAU NON PLUUUS !
SPLAAAF
Ouii-iiiin !
Argh !
WAAA-AAAH !
!!!
OH NON ! ELLE S'AP-PROCHE DU PASSAGE SECRET !
ARRÊTE-TOI LÀ, ZORAYAS !
BLONG BLANG
J'en ai marre de touuuuuut !
FLAP
Je me sens trop seuuuuuule !

SPLAF
Hic ...
?
ZORAYAS !
JE T'INTERDIS D'EMPRUNTER CE COULOIR !
Huuu-uuu...
Snirf ...
M'en fiche !

Arrêtez de me suivre !
Laissez-moi tranquille !
ZORAYAS !
ZDOOM
ZDOOM
SBROOM
CRACK
BADAM
CLONK
CRASH
SCRRR
SHRIC
!?
?
SHRAC
Hiiik !

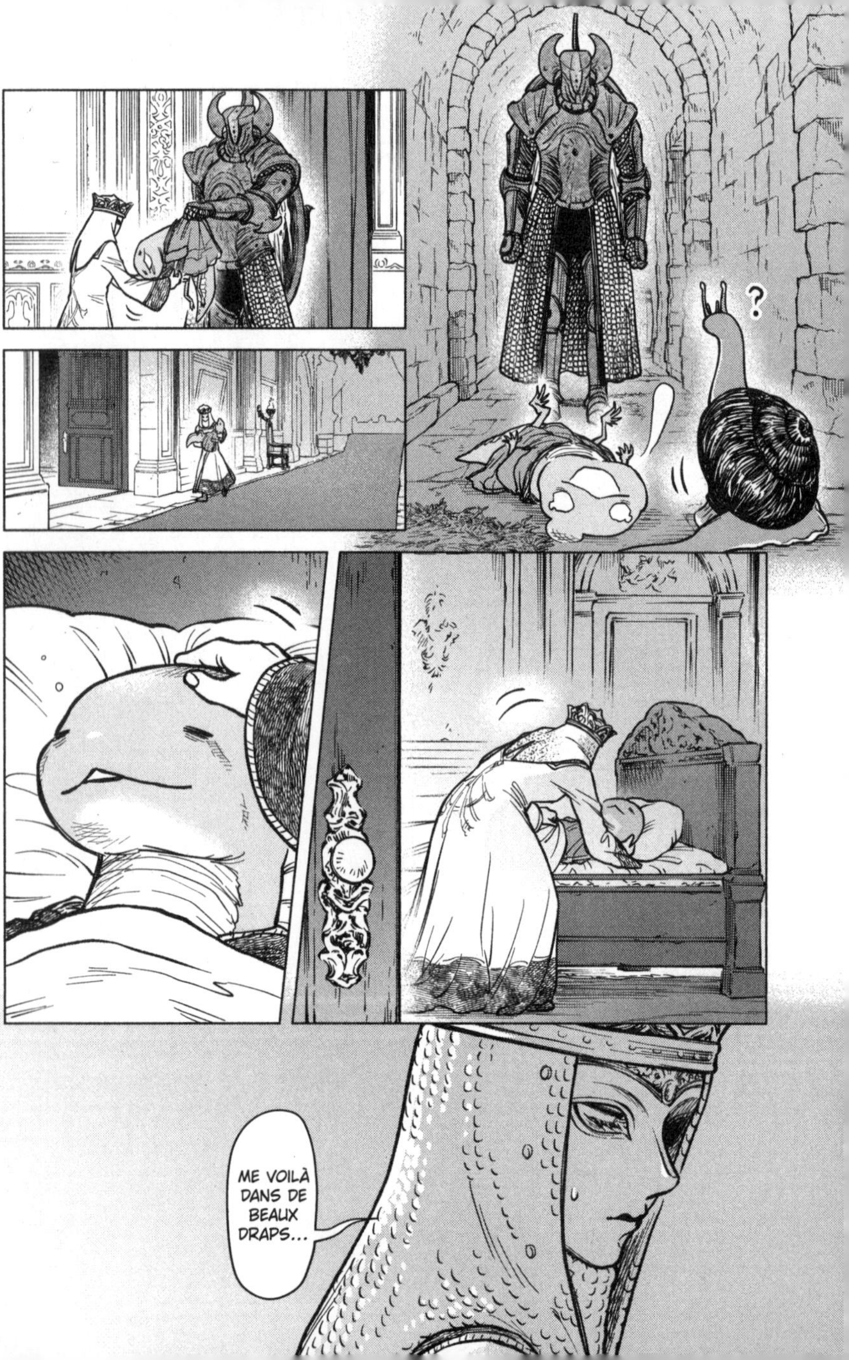
?
ME VOILÀ DANS DE BEAUX DRAPS...

TOUT CE DONT MA FILLE A BESOIN…
C'EST D'UN ENVIRONNEMENT ASSEZ SÛR POUR PROTÉGER SA DIGNITÉ…
AINSI QUE D'UNE EXISTENCE HEUREUSE ET PAISIBLE.
J'AIMERAIS QU'ELLE ME CONSIDÈRE UNIQUEMENT COMME SA MÈRE…
ET NON COMME TANITH, MAÎTRESSE DU MANOIR DU VOLCAN.
TOUTEFOIS, SI CES DÉSIRS ET LES MOYENS QUE J'EMPLOIE POUR LES RÉALISER…
PLONGENT CETTE ENFANT DANS UNE TROP GRANDE SOLITUDE, ALORS…
QUE FAIRE, À PRÉSENT…

J'ÉTAIS BIEN LOIN DE ME DOUTER...
QU'ÉLEVER UN ENFANT SERAIT UNE ÉPREUVE SI ARDUE...
PEUT-ÊTRE AURAIS-JE SU MIEUX M'OCCUPER D'ELLE...
SI C'ÉTAIT MOI QUI LUI AVAIS DONNÉ LE JOUR...

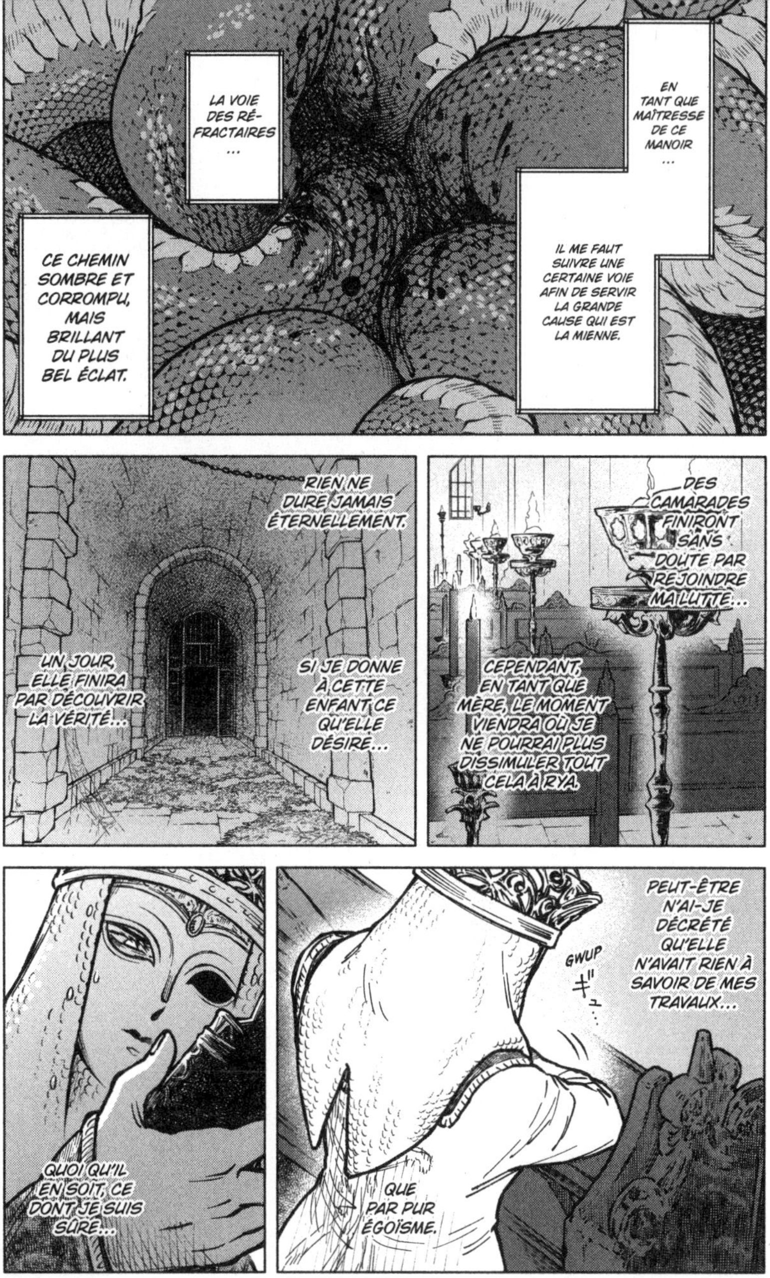

EN TANT QUE MAÎTRESSE DE CE MANOIR…
IL ME FAUT SUIVRE UNE CERTAINE VOIE AFIN DE SERVIR LA GRANDE CAUSE QUI EST LA MIENNE.
LA VOIE DES RÉFRACTAIRES…
CE CHEMIN SOMBRE ET CORROMPU, MAIS BRILLANT DU PLUS BEL ÉCLAT.
DES CAMARADES FINIRONT SANS DOUTE PAR REJOINDRE MA LUTTE…
CEPENDANT, EN TANT QUE MÈRE, LE MOMENT VIENDRA OÙ JE NE POURRAI PLUS DISSIMULER TOUT CELA À RYA.
RIEN NE DURE JAMAIS ÉTERNELLEMENT.
SI JE DONNE À CETTE ENFANT CE QU'ELLE DÉSIRE…
UN JOUR, ELLE FINIRA PAR DÉCOUVRIR LA VÉRITÉ…
PEUT-ÊTRE N'AI-JE DÉCRÉTÉ QU'ELLE N'AVAIT RIEN À SAVOIR DE MES TRAVAUX…
GWUP
QUE PAR PUR ÉGOÏSME.
QUOI QU'IL EN SOIT, CE DONT JE SUIS SÛRE…

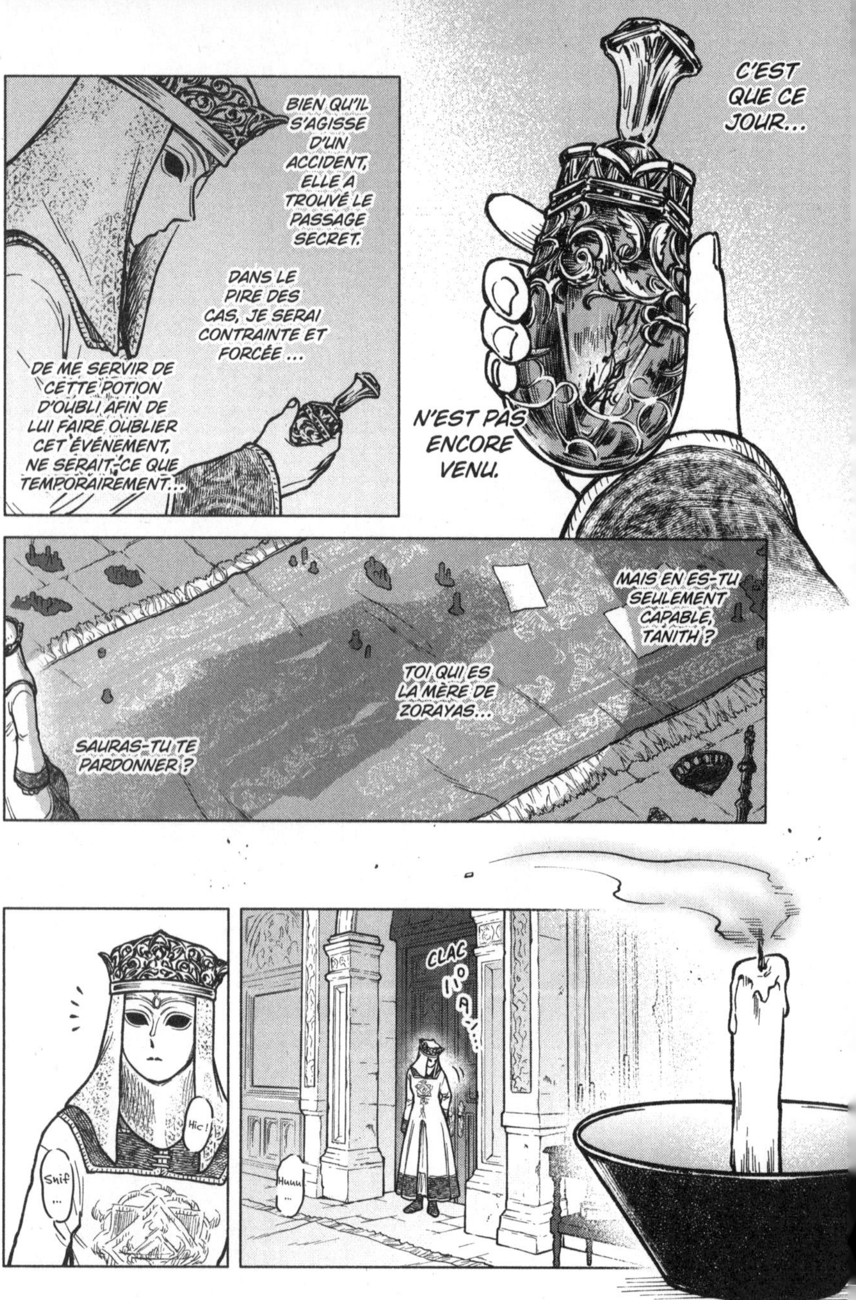
BIEN QU'IL S'AGISSE D'UN ACCIDENT, ELLE A TROUVÉ LE PASSAGE SECRET.
DANS LE PIRE DES CAS, JE SERAI CONTRAINTE ET FORCÉE ...
DE ME SERVIR DE CETTE POTION D'OUBLI AFIN DE LUI FAIRE OUBLIER CET ÉVÉNEMENT, NE SERAIT-CE QUE TEMPORAIREMENT...
C'EST QUE CE JOUR...
N'EST PAS ENCORE VENU.
MAIS EN ES-TU SEULEMENT CAPABLE, TANITH ?
TOI QUI ES LA MÈRE DE ZORAYAS...
SAURAS-TU TE PARDONNER ?
CLAC
Huuu ...
Hic !
Snif ...

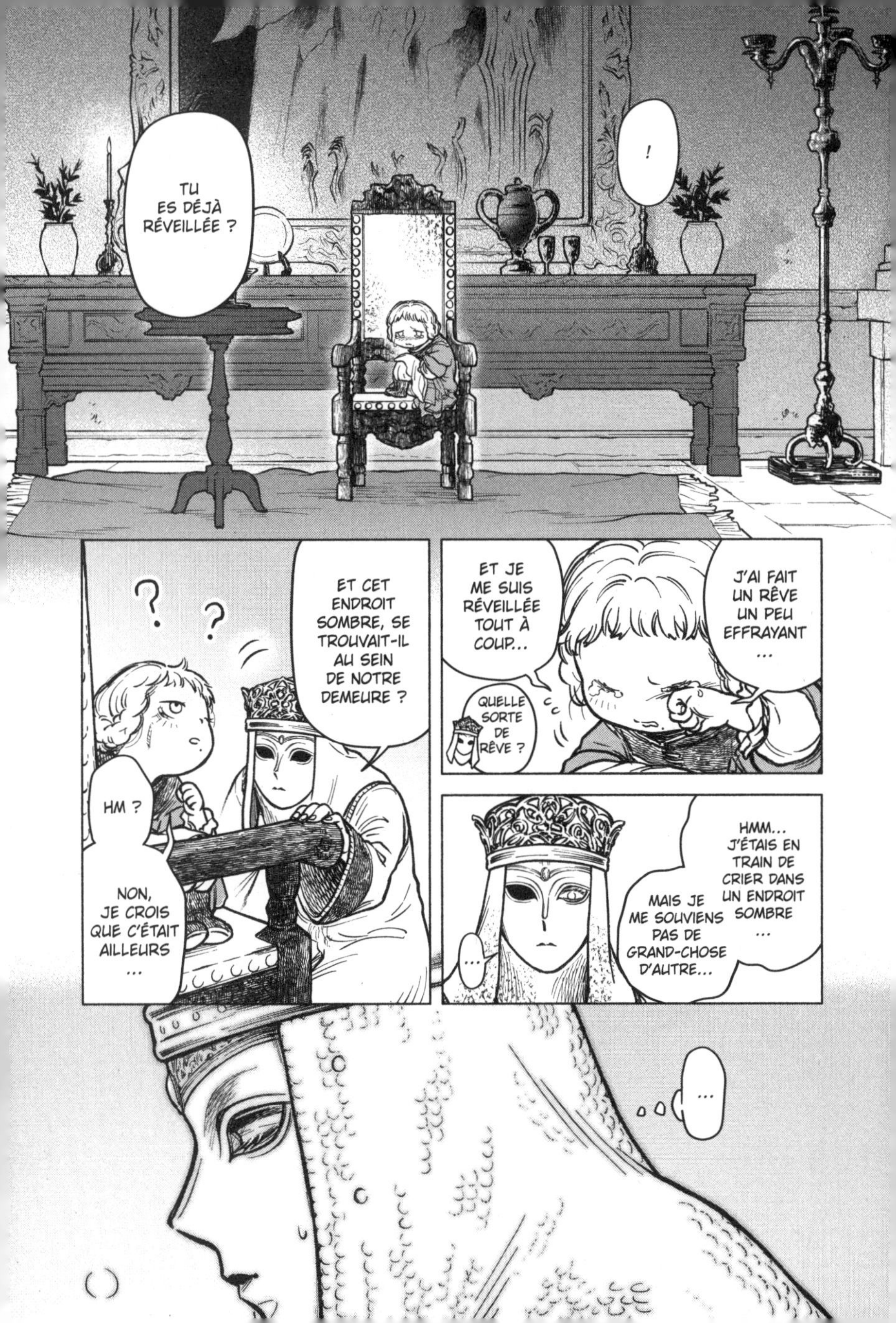
!
TU ES DÉJÀ RÉVEILLÉE ?
J'AI FAIT UN RÊVE UN PEU EFFRAYANT…
ET JE ME SUIS RÉVEILLÉE TOUT À COUP…
QUELLE SORTE DE RÊVE ?
HMM… J'ÉTAIS EN TRAIN DE CRIER DANS UN ENDROIT SOMBRE…
MAIS JE ME SOUVIENS PAS DE GRAND-CHOSE D'AUTRE…
…
ET CET ENDROIT SOMBRE, SE TROUVAIT-IL AU SEIN DE NOTRE DEMEURE ?
? ?
HM ?
NON, JE CROIS QUE C'ÉTAIT AILLEURS…
…

IL ME FAUDRA DÉPLACER MON BUREAU DANS UNE AUTRE PIÈCE…
AFIN DE LUI ÉVITER TOUTE RÉMINISCENCE DE CET INCIDENT.
DANS CE CAS, TU N'AS RIEN À CRAINDRE.
REPOSE-TOI ENCORE UN PEU DANS TA CHAMBRE.
CETTE FOIS, JE RESTERAI À TON CHEVET JUSQU'À TON RÉVEIL.
…
POF
PAR CONTRE…
JE ME SOUVIENS QUE JE VOUS AI DIT DE VILAINES CHOSES…
Snif…
PARDON…
JE SUIS ALLÉE DEHORS…
POUR CUEILLIR UNE NOUVELLE FLEUR À METTRE DANS VOTRE VASE…
MAIS COMME JE SUIS UNE MAUVAISE FILLE…
JE L'AI ÉCRABOUILLÉE SANS FAIRE EXPRÈS…

PARDON, MÈRE...
DE GRÂCE, NE ME DÉTESTEZ PAS...
JE SERAI UNE BONNE FILLE...
LA PROCHAINE FOIS, JE VOUS APPORTERAI UNE JOLIE FLEUR...
ALORS, S'IL VOUS PLAÎT...
AIMEZ-MOI ENCORE UN PEU...

ZORAYAS ...
COMMENT POURRAIS-JE JAMAIS TE HAÏR ?
NI TON APPARENCE ...
NI TES ERREURS, MÊME LES PLUS GRAVES, NE POURRAIENT M'Y POUSSER.
MON AMOUR POUR TOI EST BIEN PLUS FORT QUE TOUT CELA.
RIEN NI PERSONNE NE SAURAIT L'ÉTEINDRE.

Uuuh…
Bou-houuu-uuu !
PAR-DONNE-MOI…
Hic !
JE ME RENDS COMPTE QUE JE N'AI ABSOLUMENT PAS PRÊTÉ L'OREILLE À TES PAROLES…
Snif !
ALORS QUE TU AVAIS TANT DE CHOSES À ME DIRE.
CEPEN-DANT, ZORAYAS…
MÊME S'IL Y A PARFOIS DES INCOM-PRÉHENSIONS ENTRE NOUS…
RIEN NE T'OBLIGE À M'OFFRIR QUOI QUE CE SOIT.
TU N'AS PAS À GARDER CE QUE TU RESSENS POUR TOI, NI À BRAVER LE DANGER POUR ME CUEILLIR DES FLEURS.
SI TU AS BESOIN DE T'EXPRIMER, PARLE SANS CRAINTES.
CESSE DONC DE CROIRE QUE MES SENTIMENTS ENVERS TOI SONT RÉGIS PAR DE QUELCONQUES OFFRANDES.
C'EST ENTENDU ?
HUM

JE TIENS ÉNORMÉMENT À TOI, TU SAIS.
TOUTEFOIS, JE RECONNAIS M'ÊTRE FOURVOYÉE EN NE FAISANT QUE T'IMPOSER DES RÈGLES.
J'AURAIS DÛ T'ACCORDER UNE PLUS GRANDE CONFIANCE ET PRENDRE LE TEMPS DE T'EXPLIQUER CERTAINES CHOSES.
...
SI TU DÉSIRES À CE POINT M'AIDER DANS MON TRAVAIL ET T'AVENTURER À L'EXTÉRIEUR...
JE TE PROPOSE DE COMMENCER TON APPRENTISSAGE DÈS À PRÉSENT.
!
J'AURAIS SANS DOUTE DÛ T'EN PARLER PLUS TÔT, MAIS...
SACHE QUE SI JE T'ENTRAÎNE À PRENDRE UNE FORME HUMAINE...
C'EST POUR QUE TU PUISSES ME PRÊTER MAIN-FORTE UNE FOIS DEVENUE ADULTE...
POUR DE VRAI ?!

...
SEULEMENT QUAND TU SERAS GRANDE !
VOILÀ POURQUOI TU NE DOIS PAS MÉPRISER TA VÉRITABLE APPARENCE, BIEN QU'ELLE DIFFÈRE DE LA MIENNE.
ELLE EST LA PREUVE QU'UN ROI GLORIEUX T'A ACCORDÉ SA GRÂCE, TU TE SOUVIENS ?
VOUS VOULEZ PARLER DE L'HISTOIRE DE MA NAISSANCE ?
EXACTEMENT.
TU DEVRAIS MÊME ÊTRE FIÈRE DE CE QUE TU ES.
CAR DE TOUTES LES FORMES QUE TU PEUX REVÊTIR, C'EST CELLE-CI QUE JE CHÉRIS LE PLUS.
...
BIEN...
TU DOIS ÊTRE ÉPUISÉE D'AVOIR TANT PLEURÉ.
ALLONS DONC NOUS REPOSER UN PEU.
Je te lirai même une histoire.
Youpiii !

MÈRE…
COMME J'AI HÂTE DE POUVOIR VOUS ÊTRE UTILE !
…
L'IMPORTANT…
N'EST PAS DE SE RENDRE UTILE OU NON…
MAIS DE SUIVRE LA VOIE …
QUE L'ON A SOI-MÊME CHOISIE.

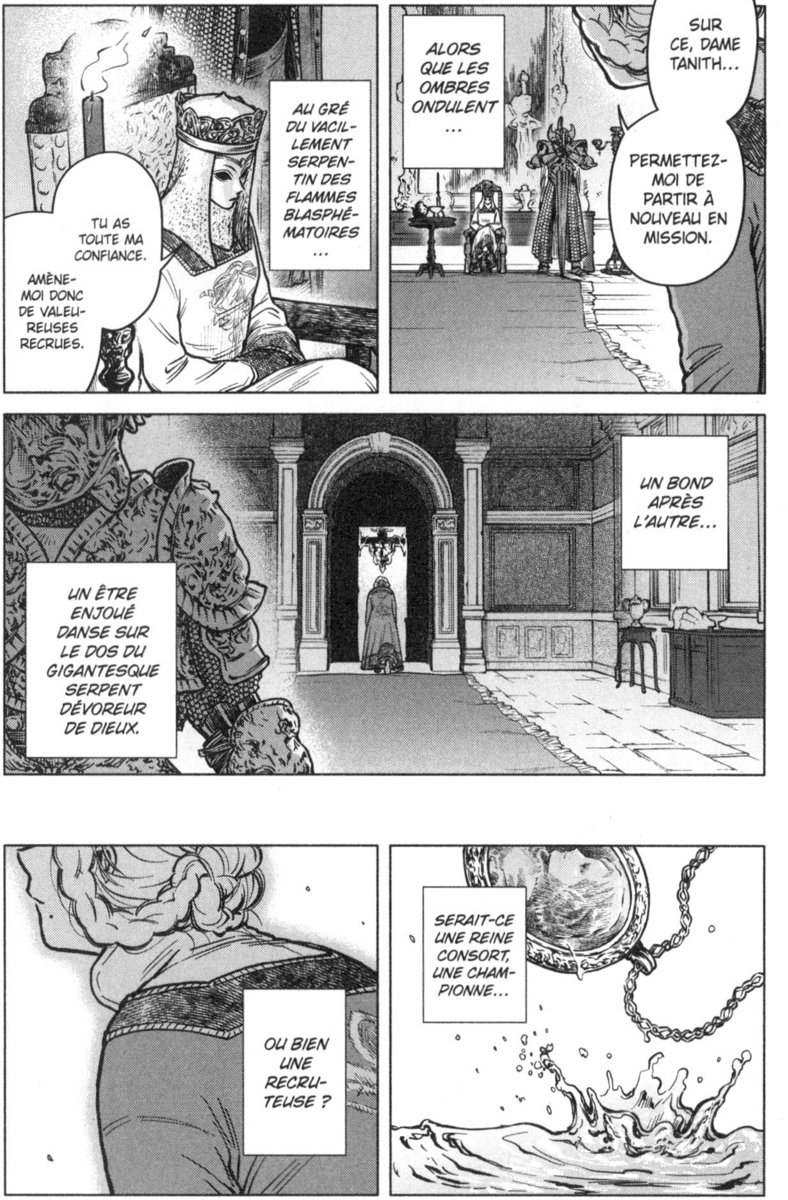
SUR CE, DAME TANITH...
PERMETTEZ-MOI DE PARTIR À NOUVEAU EN MISSION.
ALORS QUE LES OMBRES ONDULENT...
AU GRÉ DU VACILLEMENT SERPENTIN DES FLAMMES BLASPHÉMATOIRES...
TU AS TOUTE MA CONFIANCE.
AMÈNE-MOI DONC DE VALEUREUSES RECRUES.
UN BOND APRÈS L'AUTRE...
UN ÊTRE ENJOUÉ DANSE SUR LE DOS DU GIGANTESQUE SERPENT DÉVOREUR DE DIEUX.
SERAIT-CE UNE REINE CONSORT, UNE CHAMPIONNE...
OU BIEN UNE RECRUTEUSE ?

— Fin du chapitre 5 —

REMERCIEMENTS

ÉDITEUR : KEI KIYAMA

ASSISTANT PRINCIPAL : YUMI YAOSHIDA

ASSISTANTS AUXILIAIRES : GORÔ ISOKUCHI
MAKOTO NISHIKIDA

JOUETS ET MATÉRIEL : MAMEGYORAI

MAÎTRE : SUPERLOG

... ET VOUS !

Édition française :
ELDEN RING DISTANT TALES BETWEEN Vol.1

Traduction : François Boulanger
Adaptation : Paul Jarno
Lettrage : VIBRANT PUBLISHING STUDIO
Correction : Jean-Baptiste Chouvenc

ISBN : 9782379509063
Dépôt légal : Mai 2025

Achevé d'imprimer en Italie en Avril 2025 par L.E.G.O Spa,
Via Gallileo Galilei 11, 38015 Lavis (Trento)

Suivez-nous sur Facebook / X / Instagram
Éditions VEGA S.A.S., 57 rue Gaston Tessier
CS 50061, 75166 Paris Cedex 19

SEINEN MANGA

9 782379 509063
VD04

ELDEN RING :
Distant Tales Between
Volume 1